Volumes publicados:

1. Uma Aventura na Cidade
2. Uma Aventura nas Férias do Natal
3. Uma Aventura na Falésia
4. Uma Aventura em Viagem
5. Uma Aventura no Bosque
6. Uma Aventura entre Douro e Minho
7. Uma Aventura Alarmante
8. Uma Aventura na Escola
9. Uma Aventura no Ribatejo
10. Uma Aventura em Evoramonte
11. Uma Aventura na Mina
12. Uma Aventura no Algarve
13. Uma Aventura no Porto
14. Uma Aventura no Estádio
15. Uma Aventura na Terra e no Mar
16. Uma Aventura debaixo da Terra
17. Uma Aventura no Supermercado
18. Uma Aventura Musical
19. Uma Aventura nas Férias da Páscoa
20. Uma Aventura no Teatro
21. Uma Aventura no Deserto
22. Uma Aventura em Lisboa
23. Uma Aventura nas Férias Grandes
24. Uma Aventura no Carnaval
25. Uma Aventura nas Ilhas de Cabo Verde
26. Uma Aventura no Palácio da Pena
27. Uma Aventura no Inverno
28. Uma Aventura em França
29. Uma Aventura Fantástica
30. Uma Aventura no Verão
31. Uma Aventura nos Açores
32. Uma Aventura na Serra da Estrela
33. Uma Aventura na Praia
34. Uma Aventura Perigosa
35. Uma Aventura em Macau
36. Uma Aventura na Biblioteca
37. Uma Aventura em Espanha

Volumes a publicar:

38. Uma Aventura na Casa Assombrada

Aos queridíssimos
Tó-Zé, Manel Maria,
Ana Isabel e Beca

O dia da partida amanheceu lindo. Estava um frio de rachar, mas o Sol brilhava num céu azul magnífico.

As gémeas tinham acumulado na entrada a sua imensa bagagem. Sacos-camas; mochilas, vários pacotes, embrulhos com presentes para levarem à tia e à velha Elisa, que trabalhava na quinta há muitos anos. O pai, ao ver aquele estendal, tinha refilado.

— Vocês parece que vão partir por seis meses!

— Que ideia, precisamos de tudo para as férias!

— Para quê? Já agora porque é que não levam também a mobília?

— Ora, os sacos estão cheios de roupa grossa, porque lá faz muito frio...

— Os sacos-camas são para dormirmos no celeiro.

— E as mochilas foi a mãe quem disse para levarmos. É para fazermos escaladas nos montes...

— Sim, sim, estou a ver. Se os rapazes trouxerem assim tanta coisa, não sei se cabem na carrinha.

— Mas é uma carrinha grande?

— É, sim! Fiquem descansadas. O Sr. Joaquim faz transportes para Lisboa. Foi por isso que lhe pedi que vos levasse, no regresso a casa. Vocês são muitos, e mais dois cães... como é que se chama o vosso amigo que também leva um cão?

— É o João, não se lembra? Ele veio cá a casa com a avó, agradecer o convite.

— Sim, sim. Já sei. Um pequenito com piada. Vive sozinho com a avó?

— É, os pais estão na Alemanha a trabalhar. Ele vive com a avó naquelas casas pequenas ao pé do mercado. Tem um jardim, um cão...

— O cão chama-se *Faial*. É enorme. O pai vai ver.

— Ele adora animais! Tem ratos brancos, pássaros, peixes!

— Mas não vai levar isso tudo, espero!

— Que ideia!

— E os outros?

— Um é o Chico...

— E o outro é o Pedro — atalhou a Luísa. — O Chico é aquele alto e forte.

— Alto e forte? — perguntou o pai, franzindo o sobrolho.

— Lá está o pai com as suas manias! Estamos fartas de lhe falar no Chico, é um tipo porreirinho.

— Ele anda radiante — continuou a Teresa. — A família dele é do Minho, mas vieram viver para cá quando o Chico tinha dois anos. Parece que vivem mal. O pai nem tem emprego

Ao princípio ninguém falou. A carrinha avançava em direcção à saída da cidade. Àquela hora ainda havia pouco movimento nas ruas. Como tinha chovido na véspera, estava tudo muito lavadinho, as fachadas dos prédios brilhando ao sol. As montras, enfeitadas com pinheiros, flocos de algodão e bolas coloridas, tinham um ar vagamente adormecido depois da barafunda que precedera o Natal.

Iam todos deveras satisfeitos e cheios de curiosidade. Como seria a quinta? O que lhes reservariam aquelas férias?

Foi o Sr. Joaquim quem interrompeu o silêncio:

— Então vão passar uns dias na minha terra? Já conhecem?

— Nós fomos lá em pequenas, mas eles é a primeira vez.

— Os meus pais são do Minho, mas agora estão na Alemanha a trabalhar. Eu vivo com a minha avó.

— Vocês vão gostar, sabem? É uma terra diferente. São montes muito altos, cheios de pedregulhos, o povo chama-lhes fragas, e vales belíssimos, muito verdes...

— Então é uma terra de contrastes — comentou o Pedro.

— Isso mesmo, meu amigo. Grandes contrastes. Em todos os sentidos. Há aldeias pequeninas, muito pobres, espalhadas por aquelas serras, e dizem que nessas mesmas serras há muitos tesouros enterrados, vejam lá!

— Tesouros? — perguntaram todos, em coro.

— É... dizem! Eu nunca encontrei nenhum.

— Mas tesouros aonde?

— Ora, ora, se eu soubesse onde estão, já os tinha lá ido buscar.

— Mas como é que sabem que há tesouros?

— Bom — continuou o senhor Joaquim —, são lendas, são ditos do povo. Naquelas terras viveu muita gente, passaram por lá muitos povos. Por isso há ruínas muito antigas...

— Ruínas? Ruínas de quê?

— Ruínas de castelos, ruínas de cidades. Olha, lá perto da quinta para onde vais, há os restos de uma vila que foi abandonada há muitos séculos por causa das sezões.

— O que são sezões?

— É uma doença provocada pela mordida dos mosquitos dos pântanos. Dá febre e tremuras...

— Que horror!

— Não se assustem. Agora já não há nem pântanos nem mosquitos. Essa doença desapareceu daquelas bandas. Mas em tempos foi um flagelo!

— E a vila foi abandonada por causa disso?

Entraram para uma sala quadrada, com janelas em toda a volta sobre o jardim. O tecto era muito baixo, pintado com flores e pássaros de cores suaves, já um pouco desbotados. O chão era de madeira, e estalava e rangia com os passos. Cheirava a maçãs e a madeira encerada de fresco.

A Elisa pousou dois sacos no chão e voltou-se para eles:

— Então, vamos lá a saber, este pequenino como é que se chama?

O João, muito corado, esticando-se para parecer maior, lá disse o nome.

A Luísa apressou-se a apresentar os outros dois:

— Este é o Chico e este é o Pedro.

Os dois rapazes, embaraçados, balbuciaram qualquer coisa.

— Ora, sim senhor, vejo que as minhas sobrinhas vêm muito bem acompanhadas, não é, ó Elisa?

Os rapazes faziam esforços tremendos para não rir daquelas velhotas engraçadas, que pareciam tão contentes de os ter ali.

— Venham comer, que devem estar com fome.

A tia Judite abriu uma porta escura, com puxadores redondos, e introduziu-os na sala de jantar.

Arregalaram os olhos espantados. Em cima da mesa estava um verdadeiro banquete.

— Vem mais alguém? — perguntou a Luísa, admirada.

— Não, porquê?

— Tanta coisa, julguei que estivessem à espera de visitas...

As duas velhas riram-se.

— As visitas são vocês. Gente nova tem sempre fome, não é verdade? Ora toca a comer.

A mesa era muito comprida e tinha um fruteiro de loiça branca ao centro, cheio de maçãs redondas e lustrosas, umas amarelas e outras vermelhas. Havia duas grandes travessas com filhoses, pão caseiro cortado em fatias muito fininhas, dois queijos da serra, pratinhos com azeitonas e rodelas de chouriço. Um bolo enorme, enfeitado com natas, parecia acabado de fazer. As canecas fumegavam apetitosas com leite quente.

— Que engraçada esta manteigueira em forma de peixe!

— Tudo feito na quinta! Tudo feito na quinta! — anunciou orgulhosa a tia Judite.

— Tudo?

— Tudo! Ora experimentem a marmelada que está uma delícia.

— Ou talvez prefiram geleia de pêssego —

sugeriu a Elisa, abrindo um pote bojudo com tampa de vidro.

— Mas sentem-se... estejam à vontade!

Estavam todos exaustos e esfomeados. Não esperaram mais para se instalar. Durante uns momentos ninguém falou, ocupando-se cada um a servir-se do que mais apreciava. A tia Judite sentou-se também e parecia radiante. Elisa girava em volta, falando sem parar.

— Biscoitos de limão... não deixem de provar que é a minha especialidade!

— Este pão é uma delícia! Já comi seis fatias.

— Ena, que bruta!

— Qual bruta qual carapuça! Já comi com tudo, agora vou aos doces.

— Acho que nunca comi tanto na minha vida — suspirou o Pedro, engolindo um último biscoito já com esforço.

— Estes ares abrem o apetite.

— Como tenho os quartos em obras, os rapazes vão ter que dormir no celeiro...

— Nós já sabíamos, tia, e até gostamos da ideia — atalhou a Teresa.

— Não, mas vocês as duas ficam em casa.

— O quê? Não, tia, não é preciso — retorquiu a medo a Luísa.

Então a tia queria separá-los? Rapazes para um lado, meninas para outro? Que ideia! Tinham que a convencer depressa. Mas como?

— Nós não queremos incomodar. A mãe até nos mandou trazer os sacos-camas do campismo... a tia sabe?

A tia olhava-os, perplexa.

— Bem, filha...

— Nós já temos acampado juntos — mentiu a Luísa.

— Bom, se a vossa mãe deixa...

«Ganhámos!», pensaram todos.

— Onde é o celeiro, fica muito longe de casa? — perguntou o João.

— Não, não! É aqui quase em frente. Ora venham comigo.

Saíram atrás da Elisa para o jardim. *Faial* e *Caracol* corriam como loucos, satisfeitos de terem tanto espaço para se mexerem à vontade.

— Tem graça, tinha-me esquecido completamente dos cães... aqui *Faial*, aqui *Caracol*!

Os cães acorreram ao chamamento, ladrando e saltando em volta dos donos.

— Não têm cão de guarda cá na quinta?

— Temos, pois, mas está preso, que é uma fera. Chama-se *Nero*.

Ao fundo do jardim havia uma fonte de pedra de onde corria água com abundância para um tanque com peixes encarnados.

— Esta água é muito fresquinha. Vem directamente da serra, não há melhor para beber.

— O celeiro é ali? — perguntou o Pedro.

— Não, ali são os lagares. O celeiro fica por trás. Não é bem um celeiro, já vão ver.

Contornaram os lagares e desceram uma escada também de pedra, de degraus muito altos. O celeiro era um edifício comprido, todo em granito, com telhas escuras cobertas de musgo. Tinha uma porta pintada de verde e duas janelas pequeninas lá em cima.

— Ora aqui está... Mas não é bem um celeiro. Em baixo guardamos batatas, e as alfaias agrícolas — explicou a Elisa, empurrando a porta. — Vocês vão dormir lá em cima, sobe-se esta escadinha aqui... As casas cá em Trás-os-Montes têm sempre dois pisos, e o de baixo é para os animais ou para as ferramentas...

Com os olhos piscos, estranhando a escuridão, avançaram aos tropeções direitos a uma escada de caracol que havia ao fundo.

— Vejam lá não tropecem... ora subam, subam!

Elisa avançava pela escada acima.

Entraram numa espécie de grande salão vazio, iluminado apenas pelas duas janelinhas. A um canto estava um velho sofá desconjuntado, duas cadeiras sem fundo e um monte de colchões de palha enrolados. No vão das janelas havia um baú de coiro com uma fechadura ferrugenta e esfoladelas na tampa. Dois regadores, um lampião partido e dois rolos de corda empilhavam-se noutro canto, junto de uma cómoda antiga com gavetinhas pequenas.

— Isto, como estão a ver, não é um celeiro. É aqui que guardamos a amêndoa na altura de ser colhida. E alguns trastes velhos. A vossa tia Judite não gosta de deitar nada fora. Quando as coisas já não prestam manda arrumar tudo aqui.

— Isto é óptimo!

— Ficamos aqui lindamente!

Pedro avançou para os colchões e começou a puxar o que estava em cima.

— Podemos pôr estes colchões no chão?

— Podem, claro que podem! Instalem-se como quiserem que eu vou até casa tratar do jantar. Se precisarem de alguma coisa é só dizerem.

E a Elisa desapareceu pela escada abaixo.

— É pá! Isto é mesmo baril! — comentou o Chico, esfregando as mãos.

— Vamos ao trabalho, cada um puxa o seu colchão...

— O que é que haverá nesta velha arca? — perguntou a Luísa, tentando abrir a fechadura.

— Está fechada?

— Está, e ferrugenta, mas havemos de conseguir abri-la para ver o que tem dentro...

— Deixa-te agora disso e vem ajudar!

Os rapazes puxavam os colchões com toda a força mas, como estavam enrolados uns nos outros, não os conseguiam desprender.

— Espera aí, que eu ajudo! — João trepou para cima da pilha dos colchões tentando soltá-los.

— Força, pá!

— Não consigo!

As gémeas treparam também, todos fizeram força... e nada!

— Mas que azelhas!

— Ora, se és tão bom, vem cá tu! — respondeu a Luísa, sentando-se lá em cima e cruzando os braços.

— E vou mesmo! Anda daí, Pedro.

Os dois rapazes subiram também e procuraram uma ponta que lhes permitisse desfazer o monte.

— Vê lá aí, pá! Força!

Mas nada. Aquilo parecia um novelo gigante impossível de desfazer.

— Há quanto tempo é que isto estará aqui?

— Sei lá!

Teresa pôs-se em pé, equilibrando-se numa lomba de palha.

— Olha que cais daí abaixo!

— Não caio nada, queres ver? — E tomando balanço pôs-se a saltar com toda a força.

— Está quieta! Olha que caímos todos daqui abaixo!

Teresa parecia louca. Muito corada, saltava cada vez mais alto.

— Saltem também! Isto é bestial!

Luísa imitou-a e os outros seguiram-lhe o exemplo. Aos pulos, aos pulos, pareciam um bando de autênticos tarados. O salão inteiro estremecia.

— Isto é po-rrei-ro! — gritava o Chico.

— Sou o maior! Vou levantar voo! — berrava o João, saltando cada vez mais alto e agitando os braços.

Com tanto safanão, os colchões começaram a soltar-se...

— Vamos cair! Agarrem-se...

Com um estrondo o monte desfez-se e rolaram cada um para seu lado, envolvidos nos colchões. As gémeas chocaram uma contra a outra e caíram com grande espalhafato no meio do

O QUE É ISTO ?
OLHEM SÓ !!

chão, cobertas de palha. Largaram todos à gargalhada.

— Olha, este rompeu-se! — disse o Pedro, levantando-se e sacudindo a roupa.

— Uf! Que porcaria, tenho a boca cheia de palha! — Luísa cuspia bocados de palha e tentava limpar os olhos e os cabelos.

— O que é isto? Olhem só! — De gatas, João tirou um papel dobrado que emergia do rasgão.

Aproximaram-se, cheios de curiosidade.

— Mostra... anda aqui mais para a luz...

João abriu o papel e estendeu-o no chão. Ajoelharam-se todos em volta, fascinados.

Era um papel velho, muito velho mesmo, tinha vários sinais esquisitos e um percurso assinalado com cruzes cada vez maiores.

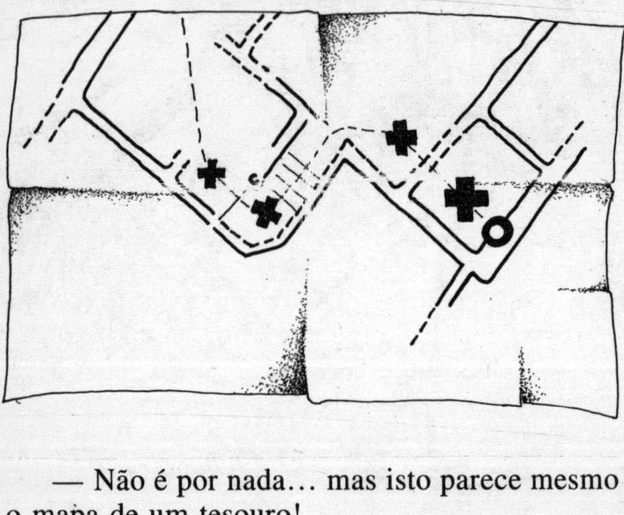

— Não é por nada... mas isto parece mesmo o mapa de um tesouro!

— Achas?

— Acho, ora vejam...

Em silêncio, voltaram a olhar para o papel com atenção.

— Os tesouros de que nos falou o Sr. Joaquim! — murmurou a Teresa.

— Meu Deus! Nem posso acreditar!

— O que é que vamos fazer? — perguntou o Chico.

— Bom, para já guardar isto muito bem guardado... e não dizemos nada a ninguém! Tratamos de nos instalar depressa para irmos por aí dar uma volta. Só vale a pena estudar o mapa quando conhecermos bem estes sítios.

— Está bem, é boa ideia. Mas aonde é que vamos guardar isto?

Pedro olhou em volta.

— Naquela cómoda talvez, numa das gavetas... Ó Chico, vê lá se estão abertas.

— Estão, olha... — respondeu o Chico, abrindo uma gaveta de cada vez. — E algumas têm coisas dentro.

— Depois exploramos isto. Agora dêem-me cá o papel para o guardar. Temos de o estudar bem.

— Eu guardo!

Luísa pegou no papel e enfiou-o na gaveta de cima, depois de lhe deitar mais uma mirada.

— Achas que é bom sítio?

— Acho... mas talvez seja melhor a gaveta de baixo...

Aproximaram-se todos da cómoda e puseram-se a abrir e a fechar gavetas.

— Ena, tanta tralha!

— Esta, guarda nesta! Estão aqui fotografias antigas e põe-se o mapa do tesouro por baixo.

— Boa, dá cá!

— Que férias! — disse o Chico entredentes. — Isto promete!

Olharam uns para os outros, radiantes.

— Bom, cada um agora que se instale num canto! Toca a trabalhar.

capítulo **5**

O primeiro dia na quinta

— Pronto, tia Judite! Já nos instalámos. Estavam lá uns colchões que deram um jeitão.

Luísa piscou o olho aos outros por trás das costas da tia. Aqueles colchões ainda iam dar muito que falar!

— Vocês têm a certeza que ficam ali bem? Têm de ir buscar água ao tanque, mas para se lavarem é melhor virem a casa.

— Sim, minha senhora — respondeu o Pedro, com o seu ar compostinho.

— Minha senhora? Que ideia! Eu sou a «vossa» tia Judite — emendou ela, dando uma palmadinha amigável no ombro do João.

— Podemos ir ver a quinta?

— Já é quase noite, se não ia eu mesmo mostrar-lhes.

— Não! Não é preciso! — responderam em coro. — Nós descobrimos tudo sozinhos.

— Então estejam à vontade. Contanto que não peguem fogo à casa, podem fazer o que quiserem... O jantar é às sete e meia.

— Às sete e meia? — estranhou a Luísa.

— É... aqui janta-se cedo, minha filha.

Saíram para o campo descendo uns socalcos. Estava um fim de tarde muito agradável.

Encheram os pulmões com o ar frio da serra. Cheirava a eucalipto e a terra molhada. Em frente de casa estendia-se o vale apertado entre montanhas. Uma neblina cinzenta e transparente começava a envolver tudo, dando àquela paisagem um certo aspecto de mistério. Estava a escurecer. O Sol já não se via e o céu estava riscado de pinceladas vermelhas.

— Isto é bem giro! — comentou o Pedro.

— É uma tara! E pensar que não queríamos vir! — respondeu a Luísa.

— Achas mesmo que aquele papel é um mapa de tesouro?

— Eu cá acho!

— Eu cá também acho!

— Até o diabo se ria, se vocês as duas não achassem a mesma coisa!

— Ora!

— Pois eu cá tenho a certeza! — afirmou inesperadamente o João. — Se não é o mapa de um tesouro, então o que é?

— Sei lá... pode ser um jogo...

— Que estupidez! Quem é que ia agora esconder um jogo dentro de um colchão!

— Temos de investigar.

Avançavam devagar em direcção a um velho muro de granito, onde se sentaram.

— Vamos por partes. É preciso saber há quanto tempo estão ali guardados os colchões.

— E de quem eram...

— Sim, mas não podemos perguntar de qualquer maneira, senão podem estranhar e fazerem-nos perguntas embaraçosas.

— Temos de combinar isto muito bem.

— Porque é que não dizes assim: «Ó tia, quem é que escondeu um mapa de tesouro dentro do colchão que está no celeiro?»

— Ai, que estúpido! Parece que eu alguma vez disse coisas que não devia!

— Disseste lá agora! — gracejou o Chico, no meio de risada geral.

— Ao jantar puxa o assunto, fala-se dos móveis antigos que lá estão... e depois ataca-se o assunto, mas sempre com todo o cuidado.

Já quase não se viam uns aos outros, porque entretanto escurecera. Luísa estremeceu com um arrepio.

— Se fôssemos para dentro? Estou com frio!

— Vamos ver o que a Elisa fez para o jantar.

Regressaram a casa pela porta da cozinha. Elisa recebeu-os com manifestações de alegria. Girava em volta de um grande fogão de lenha, de onde emanava um cheiro delicioso. Era uma divisão acolhedora, toda pintada de branco, com um armário tosco de madeira e panelas de cobre reluzentes penduradas nas paredes. A lenha chiava com estalidos secos.

— Hum... que cheirinho!

— Estou com uma fome de cão!

— Então ainda bem! O jantar está quase pronto.

Elisa sorria-lhes com a cara afogueada e lustrosa do calor do fogão. Parecia feliz por ver tanta gente à sua volta.

Estava-se ali bem, muito bem mesmo. Era tudo tão diferente!

— Isto é uma maravilha... — disse o Chico, entredentes.

A tia Judite apareceu à porta, apoiada na sua bengalinha.

— Para a mesa!

— Quer ajuda, senhora Elisa? — perguntou o João.

— Não é preciso, obrigada. Vão-se lá sentando que já levo as travessas.

A tia Judite tomou, então, lugar na cabeceira da mesa.

— Vocês escolham onde querem ficar... espalhem-se como lhes der mais jeito.

— Têm que provar a minha sopa, é sopa de hortelã! — disse a Elisa, destapando uma terrina de loiça branca às flores azuis.

As gémeas torceram o nariz. Detestavam sopas... mas não tiveram coragem de recusar. E afinal era óptima, estava quentinha e sabia bem. O Chico só por vergonha não pediu para repetir. Elisa não parava de se mexer, da sala para a cozinha e da cozinha para a sala. Trouxe em seguida um frango bem tostado, com batatas fritas. Ninguém se fez rogado.

— Então que tal acham a Quinta da Amendoeira? — perguntou a tia.

— É linda!

— E deve ser muito antiga... — começou a Luísa.

Os outros mergulharam rapidamente os olhos no prato. Que disparates iria a Luísa dizer?

— Tudo isto é muito antigo, não é, tia? — insistiu a Luísa.

— É... mas a que é que te estás a referir? À casa?

— Sim, à casa... não... aos móveis...

Os outros continuavam em silêncio, muito atentos ao prato. Teresa deu-lhe um pontapé por baixo da mesa, mas de caminho atingiu em cheio a canela do João que ficou a fazer caretas para não largar uma asneira.

— Aos móveis? Mas tu ainda mal viste os móveis!

— Pois, ainda não vi... quer dizer, já vi... os do celeiro!

— Ah! Esses! Se queres que te diga já nem sei bem o que lá está! É uma cómoda, não é?

— É, é.

Naquele momento todos fitaram a senhora, interessados.

— Olha, já nem sei a quem pertenceu... são coisas que estão ali há tanto tempo! Qualquer dia mando queimar tudo!

— Não faça isso! — gritaram as gémeas.

Foi a vez da Teresa apanhar um pontapé por debaixo da mesa, que lhe ferrou o Chico. Pedro tentava fazer-lhe sinalefas do outro lado da mesa, enquanto pensava: «Estas parvas ainda chamam a atenção para onde não devem...»

— Ora, ora, minhas lindas, não se aflijam. Eu digo que queimo, que deito fora, e afinal fica tudo como está. Fui sempre assim e já estou velha para mudar. Mas porquê esse interesse? Gostam de móveis antigos?

VOU VER SE O MAPA
AINDA CÁ ESTÁ.

— É... gostamos muito de tudo o que for antigo, móveis, arcas, colchões...

Pedro, que estava a beber água, engasgou-se e ficou a tossir, a tossir, muito vermelho. Chico deu-lhe duas fortes palmadas nas costas. João estava perdido de riso a observar a cena, mas mantinha-se em silêncio no seu lugar.

Quando o assunto pareceu esquecido, Pedro parou com aquela fita e respirou fundo, lançando um olhar furioso às gémeas, que raspavam com a colher o resto do leite-creme. «Que tolas... como se alguém pudesse interessar-se por colchões velhos! Móveis antigos ainda podiam ter valor... mas colchões!»

— Talvez fosse melhor irem-se deitar, que devem estar cansados da viagem!

— Eu também acho... foi uma grande viagem...

Levantaram-se, deram as boas-noites e saíram a caminho do celeiro.

— Mas que parva! Ias fazendo asneira!

— Brr... que frio! Agora deixa-te disso! Não estou para ouvir ralhos!

E Luísa avançou a correr.

«Au! Au!» *Faial* e *Caracol* surgiram numa correria a dar ao rabo.

— Vamos levá-los para o celeiro para nos aquecerem! Anda, *Faial*! Corre!

João desapareceu com os outros todos atrás. Teresa pegou no *Caracol* para correr mais depressa. Empurraram a porta e subiram pela escada, num tropel.

— Ah! Estou exausta! — Luísa deixou-se

cair em cima da cama que tinha improvisado logo à entrada.

— Acendam uma luz!

— Sai daqui! Estás-me a dar com os pés na cara!

— Onde é que há luz?

— Não há, parece-me.

— As lanternas? Onde é que deixaram as lanternas?

Teresa tropeçou e caiu em cima das pernas da irmã, que se pôs aos berros. Os rapazes avançaram às apalpadelas direitos ao canto onde tinham preparado os sacos-camas.

— Irra, que me magoei! — vociferou o Chico, que dera uma canelada na esquina da arca.

Um feixe de luz iluminou-os de repente. Pedro descobrira a lanterna e fazia-a incidir em toda a volta do aposento. As gémeas puseram-se em pé e procuraram também as suas.

— Amanhã temos que organizar isto melhor!

João, muito sorrateiro, aproximou-se da cómoda e abriu a gaveta das fotografias.

— Que é que estás a fazer?

— Vou ver se o mapa ainda cá está.

— Então não havia de estar?

— Mas vou ver.

Na dúvida, aproximaram-se todos de lanternas em punho. E se tivesse desaparecido? Mas não, lá estava muito dobradinho, debaixo das fotografias. João espalmou-o em cima da cómoda e fizeram incidir a luz naqueles riscos estranhos.

— Não há duvida... parece um mapa de tesouro...

— Bem, lá isso parece. Mas agora é melhor guardares outra vez. Estou a cair de sono!

— Também eu!

O mapa foi posto de novo no mesmo lugar. Cada um dirigiu-se para o seu canto. Enfiaram-se nos saco-camas e cobriram-se com mantas.

— Uáá! Que sono — bocejou o Pedro, apagando a luz.

— Boa noite...

— Tenho o corpo tão mole que parece que me estou a afundar...

— Dorme, mas é...

Daí a nada não se ouvia o menor ruído. Dormiam todos a sono solto.

capítulo 6

Nas ruínas

Acordaram cedo. Um galo cantava lá fora, anunciando o amanhecer. Por entre as portadas de madeira coava-se um fio de luz muito estreitinho direito aos olhos da Teresa, que foi a primeira a despertar. Olhou em volta, meio ensonada, sem se lembrar bem onde estava. Esfregou os olhos e soergueu-se, ficando apoiada num cotovelo. João dormia com a cabeça apoiada no *Faial*. Pedro nem se via; todo enrolado debaixo das mantas, parecia uma bola de roupa. Chico tinha resvalado para o chão e estava a dormir no soalho, com os braços abertos.

O celeiro, a quinta para explorar, o mapa do tesouro, os amigos todos ali... que alegria!

De repente, sentiu vontade de gritar, saltar, bater palmas, chamá-los a todos para saírem a correr pelos campos fora em busca de aventuras. Era uma alegria tão grande que subia pelo peito acima, até estalar na garganta...

«Tenho de gritar! Tenho de gritar de alegria!»

E sem se conter mais, levantou-se de um pulo direita à janela que abriu, de par em par, gritando e batendo com os pés:

— Bom dia! Bom dia! Acordem! Acordem todos!

Foi um rebuliço. Acordaram todos de repente, assustados, estremunhados, os cães puseram-se a ladrar, o Chico deu um salto e ficou no meio da sala atarantado.

— O que foi? O que foi?

O galo voltou a cantar lá fora e a Teresa debruçou-se na janela inspirando o ar fresco da manhã, deliciada.

— Está um dia lindo, lindo, lindo!

— Esta rapariga é doida! — resmungou o Pedro, espreguiçando-se.

— Mas que susto me pregaste!

— Para que foi essa gritaria?

— Ora... não sejam parvos, temos de aproveitar. Querias ficar aí a dormir todo o dia?

— Todo o dia não, mas é cedíssimo — murmurou a Luísa.

— Olha que esquisito, está sol mas parece que nevou — comentou o João, apontando pela janela os campos cobertos de uma camada branca muito fina.

— Nevou?

Aproximaram-se todos da janela.

— Não nevou nada, isto é geada.

— Está um frio danado, vou vestir aquela camisola grossa.

— Mas olha que sorte, está frio mas está bom tempo. Se viéssemos para férias e estivesse sempre a chover...

— Descansa, que quem não ficava em casa era eu — declarou o Chico.

— Ora, pois não! Ias lá para fora chafurdar na lama!

— Ai, garanto-te...

— Deixem-se de discussões e despachem-se! Temos de ir ver a quinta melhor para ver se deciframos o mapa...

Pedro encaminhou-se para a cómoda, tirou o papel da gaveta e ficou a observá-lo.

— Parecem caminhos...

— Caminhos, é... Mas donde? Até podem ser de outro sítio!

— Que sítio?

— Sei lá! Podem não ser aqui da quinta!

— Achas?

— Eu acho. Mas o mais provável é que sejam aqui da quinta ou de locais em redor... — afirmou o Pedro, esperançado.

— O Sr. Joaquim falou de tesouros escondidos na serra...

— É, falou. Temos de conhecer bem os caminhos da serra.

— E se levássemos o mapa connosco? Íamos olhando e vendo se há algum sítio parecido com isso.

— E se perdemos o mapa?

— Eu sou parva, não? Leva-se com todo o cuidado.

— Olha que não sei... se o perdemos, adeus minhas encomendas.

— Eu levo — propôs o Pedro. — Enfio-o entre a camisa e a pele. Não se pode perder de maneira nenhuma.

— Então vamos! Estou impaciente para ir para a rua!

— Já se viu que estás impaciente hoje!

O dia estava de facto lindo. O vale parecia adormecido debaixo do manto branco da geada. Em volta, o sol dourava o cume das serras cobertas de fragas. Ao longe, ouviam-se os chocalhos de um rebanho de ovelhas.

Encantados, foram avançando em direcção à ribeira, que corria lá ao fundo no meio dos canaviais.

— Tenho que subir estes montes todos! — afirmou o Chico.

— Todos? Estás doido, nem num mês...

— Vais ver...

— Eu cá por mim quero fazer muitas escaladas!

— E eu... — Pedro não acabou a frase. Estacou no meio do caminho, com os olhos postos num monte. — Olhem para ali, olhem!

Voltaram-se todos ao mesmo tempo.

— As ruínas! — murmurou o João.

Lá em cima erguiam-se os torreões e a muralha de que lhes falara o Sr. Joaquim. O sol batia agora em cheio na vila abandonada.

— Parece um sonho!

Durante uns momentos ninguém falou. Pareciam hipnotizados, de cabeça erguida para as ruínas. Do torreão mais alto surgiu um milhafre que levantou voo e ficou a pairar sobre o vale.

— Olha uma ave de rapina... que grande!

— Como é que sabes que é uma ave de rapina?

— Tenho um livro sobre aves...

— Ai, este Pedro que sabe tudo!

— Apetecia-me ser ave de rapina — comentou a Teresa, avançando em direcção ao sopé do monte —, subir aquele torreão e largar a voar, a voar!

— Esta hoje acordou pírulas!

Teresa não ligou e continuou a avançar. Os outros seguiram-na sem nada perguntarem. A vila abandonada parecia chamá-los lá de cima.

Encontraram um caminho pedregoso, rodeado de giestas, e começaram a subir. *Faial* avançava à frente a dar ao rabo, mas o *Caracol* via-se aflito. Luísa pegou-lhe ao colo e afagou-o:

— Coitado do meu apara-lápis! Não consegue subir montes! Agora vai ao meu colo, daqui a nada vai ao colo do Chico!

— Nem penses! Para que é que trouxeste o cão?

— Coitado! Não ia deixá-lo sozinho, e em casa ainda estava tudo a dormir.

— Não sabes se estava, não foste ver...

— Ora!

— Eu levo-o daqui a pouco, aguenta mais um bocado — disse o Pedro.

— Eu também ajudo, vá! — concordou o Chico, apanhando um tronco delgado mas sólido para fazer um bordão.

— Olhem a minha bengala!

— Eu também quero uma!

— Não é uma bengala, é uma espada! — O Chico brandiu o tronco no ar gritando «À cargaaaaaaaaaa!» E desapareceu pelo caminho acima.

Os rapazes seguiram-no, agitando duas ca-

AS RUÍNAS!
PARECE UM SONHO!

nas no ar. Gritavam também: «À carga! Morte ao inimigooooo!»

Teresa e Luísa avançavam mais devagar. O *Caracol*, parecendo que não, pesava bastante. Pelo menos para subir uma serra não era o ideal. O caminho tornava-se cada vez mais estreito, em alguns pontos quase nem havia caminho, era preciso trepar por cima de pedras, procurar o melhor sítio para pôr os pés.

— Agarra-te às giestas, upa, sobe por aqui.

— Tu falas bem porque não levas o cão! Toma-o lá, para eu subir...

As gémeas afadigavam-se para ultrapassar um verdadeiro nó de pedras, terra e arbustos bravios que arranhavam as mãos. Teresa já estava do outro lado e tentava ajudar a irmã, cujos sapatos escorregavam fazendo resvalar pedrinhas soltas.

— Força! Upa! Segura-te aqui!

— Uf! Já cá estou! — suspirou a Luísa, içando-se finalmente, com as mãos todas arranhadas.

— E agora?

Olharam em volta. Os rapazes tinham desaparecido. Que silêncio!

— Onde é que estarão aqueles parvos?

— Devem andar por aí a brincar às guerras... É o que sabem fazer!

— Pe-dro! Pe-dro! — gritou a Teresa.

Mas nada. Silêncio absoluto.

— Vais ver que já estão lá em cima!

— Mas para onde é que foram? Não vejo caminho nenhum!

— Pois é... temos que trepar!

— E ainda por cima com o *Caracol*! Estúpidos!

Luísa olhava em volta, furiosa, mas dos rapazes nem sinal.

— Vamos. Não podemos passar aqui o dia!

Teresa lançou-se de novo, procurando um carreiro que lhe facilitasse a subida. Luísa seguia atrás, amuada, com o cão.

— Teresa...

— Hã?

— Achas que aqui há cobras?

— Não sei! As cobras no Inverno hibernam. Se houver, estão a dormir na toca.

— Teresa...

— Hã? Não fales que te cansas mais.

Luísa arfava, encostada a uma árvore.

— Então?

— Estou de língua de fora!

— Isso vejo eu!

— Olha... achas que as cobras hibernam todas? Ou haverá algumas que não hibernam?

— Sei lá, Luísa! Isto nem parece teu! Deixa lá as cobras e anda!

Continuaram a trepar. A subida era cada vez mais íngreme mas já estavam perto.

— Estamos a chegar! Anda!

— Olha ali! Teresa! Olha!

Luísa entretanto tomara a dianteira e deteve-se, encantada. No meio do mato erguiam-se dois torreões de pedra maçiça. Devia ter sido ali a entrada da povoação. Tinha um aspecto solene, imponente.

— Não sei porquê, mas dá vontade de ver sair um rei a cavalo...

— Hu...Hu...

Três cabeças assomaram em cima da muralha, agitando canas no ar.

— Ó seus idiotas! Onde é que se meteram?

— Então? Não era para aqui que vínhamos todos? Viemos andando à frente! — berrou-lhes o Chico.

João amarinhou pela parede e ficou sentado em cima da muralha.

— Porque é que não esperaram por nós?

— Cala-te, Luísa — soprou-lhe a irmã —, olha que ainda percebem que estavas com medo...

— Eu? Medo?

— Ai não!...

— Venham ter connosco! — gritou o Pedro.

As duas raparigas entraram nas ruínas da vila com uma sensação estranha. Dentro das muralhas viam-se os restos das casas, umas maiores, outras mais pequenas. Estava quase tudo desfeito, mas algumas ainda tinham o desenho das portas, o lajedo, restos de uma chaminé ou de um nicho. No chão das casas nasciam árvores pequenas, retorcidas, com umas folhinhas verdes que picavam os dedos. E mesmo no meio das pedras rebentavam arbustos ou apareciam tiras de musgo.

Entre as casas serpenteava um caminho tosco, calcetado com lajes ou coberto de vegetação.

— Parece mentira estarmos no alto de uma

serra a explorar as ruínas de uma vila abandonada!

— É! Isto parece um sonho!

— Venham por aqui! — disse o Chico. — Daquele torreão tem-se uma vista linda sobre o vale.

Subiram pelos restos de uma escada de pedra, treparam pela muralha até alcançarem o torreão. O vale estendia-se à direita a perder de vista.

— Tantos montes aqui à volta!

— Percebe-se bem que chamem a isto Trás-os-Montes!

— Gosto de estar aquiiii! — berrou o Chico.

— Aqui... aqui... aqui... — respondeu-lhe o eco.

— Olha, faz eco!

Com as mãos em concha à volta da boca, cada um começou a gritar coisas sem nexo, e a montanha devolvia-lhes o som três vezes.

— Estou na vila!

— Vila... vila... vila...

— Ó Pedro!

— Pedro... Pedro... edro...

— Vou achar um tesouro!

— Souro... ouro... ouro...

— Ouviste o eco? Respondeu ouro! O tesouro deve ser em ouro!

— Ora, que patetice!

— Então, se está enterrado na montanha, a montanha sabe e está-nos a dizer...

— Estou tramado! As ruínas deram-lhe volta ao miolo.

— Vais ver como são moedas de ouro — insistiu a Teresa.

Pedro encolheu os ombros e voltou-se para dentro. Do sítio onde estava podia avistar a vila inteira.

— Reparem... a vila...

— Que é que tem? — perguntaram os outros, virando-se também.

— Reparem... o mapa do tesouro pode ser o mapa desta vila. Os caminhos entre as casas...

— Mostra, mostra!

Pedro retirou o mapa do peito e sentou-se. Os outros aproximaram-se e puseram-se à volta dele, de cócoras.

— Põe aqui no meu colo, para podermos ver bem.

Debruçaram-se sobre o papel e olharam alternadamente para os riscos e cruzes que alguém desenhara ali há muitos anos, e para os restos da vila que alguém abandonara também há muitos anos. Seria ali que estava enterrado o tesouro?

— Olhem aqui — disse o Pedro, percorrendo com o dedo um ponto do desenho —, parece aquele caminho à esquerda da casa maior...

— Achas?

— No fundo, tanto pode ser esse como outro qualquer!

— Vamos descer e percorrer a vila de ponta a ponta, pode ser que alguma coisa nos chame a atenção.

— Talvez o *Faial* desenterre a ponta de um baú!

— Não querias mais nada?

O grupo desceu de novo e começou a andar em círculos. Entravam nas casas em ruínas, batiam nas paredes, trepavam aos muros... cada canto lhes parecia igualzinho ao desenho do mapa, mas descobriam logo que faltava ou sobrava qualquer pormenor. *Faial* e *Caracol* correram também por ali, mas não se mostravam interessados em desenterrar coisa alguma.

De repente, João deu um berro:

— Olhem aqui! Venham ver!

Correram todos para ele com os olhos a brilhar. João tinha apanhado qualquer coisa do chão.

— É uma moeda?

— Mostra, está cheia de terra!

— Vais ver que é uma moeda de ouro! — e Teresa pôs-se aos guinchos.

Pedro esfarelou a terra com a ponta dos dedos à espera de ver luzir e... largou à gargalhada.

— Ah! Ah! Ah! São cinco escudos!

— Cinco escudos? Mostra!

Desiludido, João pegou outra vez na moeda.

— Não há dúvida, são cinco escudos!

— Isto foi alguém que veio para aqui passear, ou talvez andasse também à procura de tesouros e ainda perdeu dinheiro!

— É! Mas vou guardá-la — disse o João, enfiando a moeda no bolso. — Achei-a, pode ser que me dê sorte.

— Se fôssemos embora? Estou cheia de fome!

— Também eu!

— Que horas serão?

— Não sei! Mas já devem ser horas de atacar um valente pequeno-almoço!

As gémeas puseram-se a correr à frente.

— Levem vocês agora o *Caracol*! E desapareceram para fora das muralhas. Os rapazes seguiram-nas.

— Quero pão com queijo...

— Quero pão com doce...

— Acho que vou beber pelo menos três canecas de leite!

capítulo 7

Uma aldeia na serra

Durante dois dias não puderam sair de casa. Chovia sem parar. Improvisaram uma mesa de pinguepongue com duas tábuas compridas e passavam horas a jogar. Descobriram também que o chão da vacaria era todo em cimento e iam para lá patinar, fazendo corridas à volta das vacas, que os olhavam, pachorrentas.

De vez em quando punham-se à janela a olhar para as ruínas.

— Quem me dera que parasse de chover! — suspirava o Chico, impaciente.

— Temos de voltar lá acima para ver se descobrimos alguma coisa!

Continuavam todos a pensar no tesouro, menos o João. Tinha nascido uma ninhada de cachorros, minúsculos, felpudos. João passava horas e horas de roda deles. Pensava até pedir que lhe dessem o malhadinho, mas tinha vergonha e acabava por não dizer nada.

Luísa e Teresa, entretanto, ensaiaram várias vezes uma conversa para perguntar informações à tia sobre os colchões. Se fossem dali, o mais natural é que o mapa também fosse... agora se tivessem vindo de longe, não valia a pena procurarem naquela zona.

Quanto mais pensavam no assunto mais parvas eram as perguntas que se lembravam de fazer.

— Se eu dissesse assim: Ó tia, adoro colchões de palha, onde é que comprou aqueles que quero comprar um igual?

— Não, isso é uma estupidez!

— Com essa não convences ninguém!

— É! Então diz lá tu, como é que eu faço? O que é que eu digo?

— Sabes, Luísa...

— Eu não sou a Luísa, sou a Teresa!

— Bolas! Que chatas! Se voltam a vestir-se de igual não falo mais com vocês!

— Agora temos que te pedir autorização!

— Se calhar, queres passar a escolher a nossa roupa!

— Vai bugiar!

— Não discutam que não vale a pena! Eu tenho uma proposta a fazer — conciliou o Pedro.

— Então diz lá!

— Logo à noite ao jantar, tu, Luísa, ou tu, Teresa, tanto faz, perguntam pura e simplesmente à vossa tia, sem floreados, onde é que arranjou os colchões. E pronto.

— Achas? Ela não irá desconfiar?

— Mas desconfiar de quê? Temos andado todos a fazer um bicho-de-sete-cabeças de uma coisa muito simples. É uma pergunta simples, só pode ter uma resposta simples.

— Como?

— Olha... ou ela sabe e diz ou não sabe e não diz.

— Ou sabe e não quer dizer.

— Quer, quer... porque é que não havia de querer? A senhora com certeza nunca ouviu falar no mapa, senão, já o tinha mandado buscar... mas se fosse dela, até aposto que nos mostrava para a gente ir procurar!

— Isso acho que não. Podia ter medo que nos metêssemos em encrencas!

— De qualquer forma, até aposto que ela não sabe de nada e vai achar a tua pergunta tão natural como outra qualquer.

De facto, o Pedro tinha razão. A tia Judite não estranhou a pergunta das gémeas.

— Os colchões? Já estão no celeiro há muito tempo, mas não eram meus. Foi há bastantes anos. O velho Alberto Vilela, ali de uma aldeia chamada Estevais, passou por cá a pedir-me para eu deixar dormir no celeiro uns caçadores que tinham vindo de longe e não arranjavam hospedagem nas redondezas...

— Sim... e a tia deixou? — perguntaram as gémeas, sem disfarçar o interesse por aquele assunto.

— Deixei. Mas não tinha camas no celeiro. Então o Alberto Vilela e os caçadores lá arranjaram aqueles colchões velhos que alguém lhes emprestou.

— E nunca mais os vieram buscar?

— Não, parece que já não estavam a uso. Eu ainda disse várias vezes ao Vilela que tirasse dali aquela cangalhada. Para lixo já basta o nosso. Ele dizia sempre que vinha buscar tudo na semana seguinte... Acabou por nunca vir. E eu também não me ralo. Ali onde estão não me estorvam e acabaram por dar jeito para vocês.

— Quem é esse Alberto Vilela?

— É um velhote aqui da aldeia. Parece que é o homem mais velho da aldeia. Ele já nem sabe quantos anos tem.

— Mas o que é que ele faz?

— Agora já não faz nada, coitado. Mas era um homem muito trabalhador! Estava sempre pronto para tudo. Toda a gente gostava dele!

— Então e agora de que é que vive?

— Ele vive ali na aldeia, deve ter juntado alguns patacos. Mas os filhos emigraram todos, uns para o Brasil outros para França e mandam-lhe uma mesada. São bons filhos, teve sorte.

— Gostava de conhecer esse homem.

— Nada mais fácil. O tempo está a mudar; se querem conhecê-lo, amanhã metam-se a caminho até à aldeia. Digam que são da Quinta da Amendoeira... ele recebe-os muito bem e até fica contente com a visita. Sempre foi muito amigo da nossa família.

— E como é que se vai para a aldeia?

— Isso é muito fácil. Aqui por trás da casa, há a eira. Da eira vê-se uma estrada que vai pelo monte acima. É subir por ali. A primeira aldeia que virem é a tal, chama-se Estevais.

— Mas temos de ir pela estrada?

— Não se pode ir a corta-mato?

— Pode. Mas como não conhecem isto bem, receio que se percam.

— É, é melhor.

— E como é que descobrimos a casa?

A tia riu-se.

— A aldeia é pequenina. Toda a gente se conhece. Basta perguntarem, não é preciso descobrirem.

A ideia agradou-lhes. No dia seguinte, prepararam as mochilas e puseram-se a caminho logo de manhã. Queriam aproveitar para falar com o homem e dar depois um passeio.

Seguiram sempre pela estrada a conversar.

— Cada vez estamos mais alto!

— Já teremos subido mil metros?

— Não sei, talvez não...

— Eu acho que sim! Olhem o rio lá em baixo!

— É o rio Sabor!

— E aquele ali mais estreitinho, no vale?

— Aquilo não é um rio!

— Então o que é? O mar?

— Ai, que parvinha! Aquilo é a ribeira.

— Daqui de cima vê-se tudo!

— Vê-se tudo, vê-se tudo, só não se vê a aldeia! — suspirou o João, já cansado.

— Coragem, meninos, já não deve faltar muito!

Continuaram a subir, já com bastante esforço. Finalmente, avistaram a torre de uma igreja.

— Deve ser ali!

O terreno mudara. Sem darem por isso, tão distraídos que iam, tinham atingido o alto daquele monte. Agora caminhavam a direito.

— Aqui em cima é tudo plano! Que sorte, já estava farto de subir.

— Pois é, que engraçado! Estamos num planalto.

— Porque diabo terão construído aqui a aldeia, tão longe de tudo? É uma bucha para cá chegar.

— Isto são aldeias antigas — explicou o Pedro — tão antigas como aquela das ruínas. Faziam as casas assim nos sítios altos para melhor se defenderem dos ataques dos inimigos...

À entrada da aldeia havia duas casas enormes forradas de azulejos de muitas cores, com varandas de ferro forjado. À porta estava parado um carrão de matrícula francesa.

— Estas casas devem ser de emigrantes. Achas que conhecem o Vilela?

— Conhecem, pois. Lá por serem emigrantes não quer dizer nada. Ora pergunta lá!

— Mas pergunto a quem? Não se vê ninguém!

Nesse momento apareceu à janela uma miúda muito loira, de olhos muito azuis, que pareciam berlindes de vidro.

Chamaram-na, perguntaram-lhe pela casa do Alberto Vilela, mas ela não respondeu e pôs-se a fazer caretas, depois fugiu para dentro.

— Ai, que parvinha...

— Talvez não saiba falar português...

— Andem, não percam tempo! Temos de encontrar o velhote para conseguir uma pista.

Entraram na aldeia. A maior parte das casas ainda eram feitas de granito e telhas escuras, sem chaminé. Aqui e ali viam-se algumas caiadas de branco. O centro era uma pedra única, redonda e lisa, muito grande.

— Olha para este chão!

— Que pedra colossal!

— A aldeia é gira, não é?

— É, parece que faz parte da serra...

— Então, e faz...

— Não é isso que eu queria dizer!

— Então, o que era?

— Repara, as pedras à volta, as pedras do chão, as pedras das casas... é tudo igual, tudo da mesma cor, parece que as casas nasceram do chão!

— É, talvez dê essa ideia! — concordou a Luísa, olhando em volta.

— Mas aquelas de azulejos não são assim!

— Pois não e é pena, estragam a paisagem!

— Mas devem ter mais comodidades por dentro — comentou a Luísa.

— Podiam era fazer as comodidades todas por dentro, mas por fora não escolherem estas cores berrantes, tão feias!

— Lá isso é verdade, até ferem a vista!

— E estragam o conjunto — continuava o Pedro. — Estas aldeias têm um estilo próprio...

— Mas agora já deve ser difícil construir em pedra...

— Então que caiassem as casas, não há nada mais bonito que o branco!

— É a cor da neve, das nuvens... Lá isso é verdade, não há nada que chegue a uma casinha toda branca!

VENHAM AQUI PARA O PÉ DO FOGO, QUE ESTÁ FRIO!

— Deixem-se agora dessas conversas! Temos de encontrar o Vilela!

Conforme a tia Judite tinha previsto, a primeira pessoa que abordaram indicou-lhes a casa. Era uma casa pequenina, com loja em baixo e uma varanda de madeira.

— Esta casa é igualzinha a uma que estava no nosso livro de Meio Físico... lembras-te, Teresa?

Alberto Vilela apareceu à porta, e quando soube que o vinham visitar ficou todo satisfeito. Recebeu-os muito bem. Era um velhote magrinho, tão magrinho que as roupas pretas lhe dançavam em volta do corpo. Parecia mesmo que nem tinha corpo lá dentro. A cara era redonda, com olhos miudinhos e pele vermelhusca, enrugada e queimada do sol.

Mandou-os logo entrar.

— Venham aqui para o pé do fogo, que está frio!

— Não temos muito frio...

— Pois não, por causa da caminhada. Daqui a bocado, se ficam aí parados, estão a tremer.

A cozinha era escura e a um canto ardia um lume acolhedor. Nas paredes estavam dependuradas réstias de cebolas e alhos. Do tecto pendia uma prateleira de madeira, segura por arames, onde se dispunham queijos redondos e um presunto.

Alberto Vilela puxou para o pé do lume um banquinho redondo com três pés e sentou-se.

— Cheguem-se, cheguem-se aqui para o pé de mim.

A lenha crepitava, espalhando um cheirinho bom de madeira queimada. O fumo erguia-se de encontro à parede muito preta e escoava-se depois por entre as telhas.

Era bom descansar ali depois da estafante viagem que acabavam de fazer. Pedro agarrou numa tenaz de ferro e começou a remexer nas cinzas, com ar pensativo.

De início falaram pouco. Alberto Vilela distribuiu copos e depejou um líquido castanho-claro.

— Ora provem, que é muito bom!

— O que é isto? — perguntou a Teresa, desconfiada.

— Licor de canela!

— Licor de canela?

— É uma especialidade cá da aldeia. Sempre que alguém nos visita, é a primeira coisa que se oferece.

As raparigas estavam na dúvida... levaram o copo aos lábios, mergulhando no líquido uma pontinha da língua, a medo.

— Não parece mau!

— É óptimo! — afirmou o Chico, que despejara o seu pela goela abaixo.

— Queres mais?

— Venha daí mais uma pinga... — e estendeu o copo ao Vilela que o voltou a encher, satisfeito.

A conversa foi animando. Para chegarem onde queriam, começaram a falar da caça, de caçadores... mas, tal como o Sr. Joaquim, foi ele mesmo quem puxou o assunto dos tesouros.

— Esta terra é muito boa! Tudo o que se plantar cresce que é uma beleza! Aquela aldeia abandonada lá para os lados da Quinta da Amendoeira...

— Qual? As ruínas?

— Sim, as ruínas. Foi uma aldeia tão rica, que se chamava Vila Rica.

— Ai, sim? Então isso é que deve ter dado o nome ao vale...

— Pois foi... Vale da Vilariça...

— Essa aldeia é do seu tempo?

— Não, foi abandonada há muitos anos. Mas isto é uma região muito rica, tanto por fora como por dentro. Dizem que há por aí muitos tesouros enterrados por essas serras!

Voltaram-se todos de repente e trocaram um olhar... Os tesouros! O velho saberia alguma coisa?

capítulo 8

As histórias do Vilela

À volta da lareira não sentiam o tempo passar. O céu tinha escurecido e o vento uivava lá fora, assobiando, entrando pelas frinchas e sacudindo a porta de madeira.

O velhote tinha-lhes oferecido pão de centeio com queijo e café. E ali ficaram a petiscar, sem vontade nenhuma de se irem embora.

A conversa era ainda melhor do que tinham pensado. Alberto Vilela falava, falava, contava histórias, e mesmo sem eles perguntarem nada, acabava sempre por ir parar aos tesouros.

— Mas ó Sr. Alberto, acha que há tesouros enterrados nas ruínas?

— Não... não acredito. Quando o povo fugiu, com certeza levou o que tinha. E se os houvesse, já os tinham achado. De vez em quando vêm para aí uns gabirus e vão para lá cavar, procurar... Nunca ninguém encontrou nada.

— Mas então onde estão os tesouros?

O velho riu-se:

— Se eu soubesse, minha menina, já os tinha lá ido buscar!

— Mas nunca procurou?

— Procurei, pois! Aqui por estas bandas

não deve haver ninguém que não tenha procurado. Mas que eu saiba nunca acharam nada que se possa chamar um tesouro.

— Mas acredita que existem?

— Acredito, sim. E digo-vos mais, se os há, estão ali para as bandas do ninho das águias...

— Do ninho das águias? Onde é isso? — perguntaram todos, já de olhos a brilhar.

— Quem desce aqui da aldeia, mas não pela estrada, pelo monte, vai lá dar.

— E não nos pode lá levar?

— Para os lá levar já me falham as pernas, mas indico-lhes o caminho.

— É muito longe?

— Não! É um sítio que toda a gente gosta de ver. Em tempos vieram até homens da cidade de propósito para ver o ninho das águias, tiraram fotografias... fizeram perguntas... eu sei lá!

— Se calhar também vinham à procura do tesouro...

— Se calhar!

— Mas como é? Há lá mesmo um ninho de águias?

— Não, agora já não há. Mas houve, em tempos.

— É um penedo?

— Não, são muitos penedos! Parece que nunca se viu tanta pedra junta nesta terra. São fragas e fragas a subir para o céu. Não é qualquer um que sobe por ali acima.

— O senhor já subiu?

— Já, quando era mais novo.
— E o que é que há lá em cima?
— Bem, lá em cima há assim a modos que um buraco na pedra.
— Era ali o ninho das águias?
— Parece que sim, mas já não é do meu tempo. Mas o ninho das águias não é o que interessa mais...
— Então o que é?
— Naquelas fragas há coisas escritas, sinais que ninguém entende.
— Sinais? Gravados na rocha?
— Sim, muitos sinais. O maior é uma grande cobra, comprida. Não se distingue a cabeça do rabo, são iguais.
— E quem é que gravou isso na rocha?
— Olhe, eu sempre ouvi dizer que foram os mouros, mas o padre Delfim diz que foi outro povo.
— Que povo?
— Não me lembro bem, parece que ele disse os celtas...
— Mas porque é que acha que é ali que estão os tesouros? — perguntou o João.
O velhote chegou-se mais para o lume e inclinou-se para a frente, esfregando as mãos. Aproximaram-se todos ansiosos por ouvir a explicação. O calor afogueava-lhes a cara.
— São ditos... são contos...
— Mas porquê? — insistiu a Luísa.
— Dizem que aquilo ali é um encanto...
— Um encanto? — estranhou a Teresa.
— Um encanto, quer dizer, um bruxedo.

Que se alguém conseguir ler o que está escrito na rocha, a pedra abre-se e aparece muito ouro e muita prata.

— Isso são histórias... — murmurou o Chico.

— Pois são, são histórias... — concordou o velhote.

— Eu não acredito em bruxas — disse o Pedro.

— Nem eu, meu rapaz! Nem eu! E no entanto...

— No entanto o quê? — perguntou o João, curioso.

— Passaram-se ali coisas estranhas!

— Com quem? Consigo?

— Comigo e com outros.

— Conte lá...

— Olha, de uma vez...

Alberto Vilela voltou a chegar-se mais para o lume. Com uma pá de ferro de cabo comprido remexeu nas brasas. Estavam todos em suspenso. A história dar-lhes-ia uma pista?

— De uma vez, há muitos anos, parti daqui a cavalo numa mula. Ia levar uma encomenda a uma vila do outro lado do vale. Nesse tempo ainda não havia estrada por aqui. Ia a gente por caminhos de cabras.

— E depois?

— Depois? O céu começou a pôr-se feio. Muito escuro. Vem aí borrasca, pensei. Quando ia a chegar perto do sítio do ninho das águias rebentou uma trovoada como se tem visto poucas. Chovia pedra, cada uma que pareciam ovos de pomba. Encolhi-me todo e avancei à procura de um sítio para me abrigar. De repente ouvi uma voz a dizer assim: «Volta para trás!»

— Uma voz? Mas estava ali alguém? — perguntou a Teresa, muito arregalada.

— Não, só eu! Chovia cada vez mais, não se via nada à minha volta. Pus-me a gritar: «Quem está aí? Quem está aí?» Ninguém me respondeu. Meti as esporas na mula para avançar e nesse momento um relâmpago rasgou o céu e iluminou tudo. Na minha frente estava a cobra de pedra...

— E depois? — perguntou a Luísa, com os olhos muito abertos.

— Depois voltei a ouvir a mesma voz: «Volta para trás!» Parecia mesmo uma cobra a assobiar porque dizia assim: «Volta para trásssss!»

— E o senhor, voltou?

— Nunca tive tanto medo na minha vida! Por mais que metesse as esporas na mula, a mula não andava e empinou-se toda. Voltei para trás a fugir. A mula parecia doida. Tive de me agarrar à albarda para não cair. E foi uma sorte. No dia seguinte soube que com o temporal tinha caído uma ponte por onde eu havia de passar... Se tenho ido para a frente, não escapava!

O velhote fitou-os um por um, a ver o efeito das suas palavras. Depois tornou a remexer nas brasas e ficou absorto como se tivesse esquecido de que eles estavam ali. Só se ouvia o estalar da lenha e os uivos do vento que rodopiava lá fora.

Pedro foi o primeiro a falar.

VOLTA PARA TRÁS!
QUEM ESTÁ AÍ? QUEM ESTÁ AÍ?

— Isso realmente até parece um bruxedo! Mas eu não acredito em bruxedos!

— Nem eu, meu rapaz... nem eu...

Olharam o velho perplexos. Dizia que não acreditava em bruxedos mas contava as coisas como se acreditasse. Não sabiam que pensar.

— Mas o tesouro? O que é que o tesouro tem a ver com bruxedos?

— Não sei... o povo é que diz!

— Mas diz afinal o quê?

— Que quem souber ler aqueles sinais encontra muito ouro e muita prata.

— E alguém experimentou ler?

— Bom, lá isso não sei. Eu cá, mal sei ler as letras dos livros, quanto mais da pedra! Houve aí um homem que diziam que tinha descoberto o segredo.

— Quem?

— Era o Agostinho, um pastor. Andava sempre por esses montes com o gado. Era um homem esquisito.

— Porquê?

— Quando passava pela aldeia pregava sustos às mulheres...

— Mas como?

— Corria atrás das raparigas com cobras enroladas no braço.

— Que horror!

— E as cobras não lhe mordiam?

— Não, lá morder não mordiam... as mulheres é que gritavam e fugiam... ele ia a correr atrás delas, ria-se como um perdido. Depois partia e estava que tempos sem aparecer.

— E diziam que ele encontrou o tesouro?

— Diziam...

— Porquê?

— Um dia veio para a aldeia e disse que não tornava a partir. Mandou fazer uma casa. Diziam que ele tinha pacto com as cobras e que por isso é que tinha descoberto tudo.

— E ele?

— Ele ria-se. Quando lhe perguntavam assim: «Ó Agostinho, descobriste o segredo da cobra? Descobriste o ouro e a prata?» Ele respondia! «Ó de oiro, ó de prata, ó de sangue de lagarta...»

— E esse homem ainda vive?

— Vive pois, ao fundo da vila. Mas já não diz coisa com coisa. Está tontinho, que a bem dizer sempre foi.

Pedro piscou o olho aos amigos. Se já não dizia coisa com coisa podia ser que se descaísse e lhes desse alguma informação!

— Mesmo assim a gente gostava de o conhecer...

— Não vale a pena! Se querem saber de tesouros, o homem já não lhes adianta nada. Falem é com o padre Delfim. Sabe muitas coisas destas terras e já encontrou...

— O quê? O quê?

— Muitas moedas antigas. Tem lá uma gaveta cheia. Ele diz que aquilo vale dinheiro.

— Mas encontrou aonde?

— Por aí pelos montes. Ele é o único padre cá do alto da serra, tem que rezar missa em muitas aldeias. Anda sempre de um lado para o outro. Foi nessas voltas com certeza, ou então quando anda à caça.

— Ele caça?

— Caça, pois. Há uns anos trouxe para cá uma data de parentes para caçarem com ele. Eram tantos que até me mandou pedir hospedagem à vossa tia, que já não tinha mais quartos onde os meter.

As gémeas deram um salto:

— Os caçadores que ficaram lá na quinta eram parentes do padre Delfim?

— Eram, parentes e amigos. Porquê?

— Por nada! — As gémeas voltam-se a sentar.

Pedro pigarreou para aclarar a voz e perguntou com ar despreocupado:

— Então aqueles colchões que levaram para a quinta para os caçadores dormirem eram do padre?

— Uns eram, mas já não estavam a uso. Outros o padre pediu por lá aos vizinhos. Esses colchões ainda devem estar na quinta...

— Estão, estão! E nós dormimos neles.

— E o padre Delfim, onde vive?

— Vive numa aldeia aí adiante.

— Muito longe?

— Não, é perto.

— Gostávamos de o conhecer também.

— Lá por isso não há problema! É só irem à Cardenha. Apanham outra vez a estrada e é sempre em frente... mas não vale a pena irem lá hoje. Está para a Junqueira a fazer um casamento. Antes da noite não regressa a casa!

capítulo 9

Um encontro inesperado

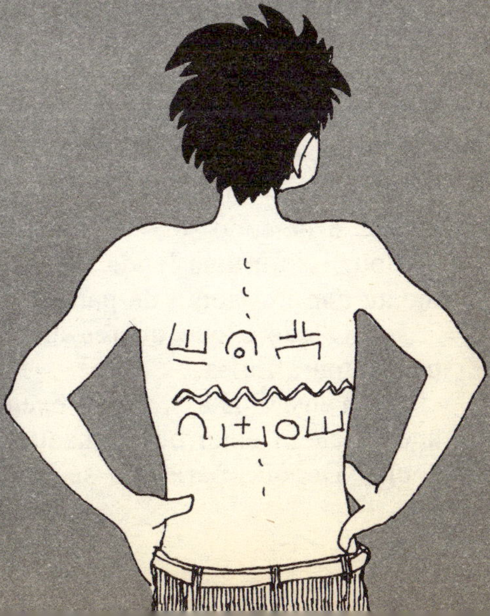

Como não era possível procurarem o padre Delfim naquele dia, resolveram ir até ao ninho das águias. Estavam mortos por conhecer aquele sítio lendário. Alberto Vilela indicou-lhes o caminho e convidou-os a voltar sempre que quisessem. Veio acompanhá-los até ao extremo da vila e ficou a acenar, apoiado num cajado.

— Que velhote tão engraçado!

— E as histórias que ele contou!

— Eu cá não acredito em nada daquilo!

— Então achas que ele está a mentir?

— A mentir, não, mas como está velho naturalmente já confunde as coisas, sei lá!

— Mas não foi ele quem inventou os bruxedos... o tesouro enterrado na pedra!

— Não — disse o Pedro, aconchegando os óculos e detendo-se. — Não foi ele quem inventou. Isso é uma lenda. Mas as lendas geralmente têm um ponto de partida.

— O que é que queres dizer com isso? — perguntou a Luísa.

— Pensem lá assim, por exemplo: há muitos anos alguém enterrou ali naquele lugar um tesouro. Depois, para não se esquecer onde estava, gravou na rocha um código que só ele entendia...

— Mas com certeza não meteu o tesouro dentro da pedra!

— Claro que não. Isso é que já são histórias do povo. Ora reparem, o Vilela disse «quem conseguisse ler o que lá está», não foi? O que é que acontecia a quem conseguisse ler o que lá está?

— A pedra abria-se e...

— E o quê?

— Aparecia muito ouro e muita prata.

— Quer dizer — continuou o Pedro —, encontrava o tesouro, não é? Isso da pedra abrir-se já são invenções do povo ao longo dos anos.

— A minha avó diz sempre que «quem conta um conto acrescenta-lhe um ponto...»

— É isso mesmo, é assim que se formam as lendas.

— Então achas que o que lá está escrito é um código?

— Pode ser! Eu ainda nem vi os sinais, mas estou a pôr essa hipótese.

— És capaz de ter razão...

O grupo descia agora a serra por caminhos de cabras, como tinha dito o Vilela. Às vezes escorregavam, perdiam o equilíbrio e tinham de avançar de cócoras para não caírem por ali abaixo.

— Sempre pensei que fosse mais fácil descer do que subir, mas parece que é a mesma coisa!

— A mesma coisa não é, mas... cuidado!

As gémeas resvalaram de encontro ao Chico que tentou segurá-las, mas acabaram por ir bater os três de encontro a uma árvore.

— Bolas! Magoei-me!

— Não podemos andar assim tão perto uns dos outros! Cada um tem de cuidar de si e à distância.

— Devemos estar próximo...

Avançaram até uma espécie de pequena clareira e pararam maravilhados.

Em volta deles erguiam-se três grandes maciços de pedra, quase lisa, cinzenta e brilhante. Na face mais a pique lá estava o desenho da cobra e os sinais estranhos em volta.

Aquilo metia respeito! Fazia as pessoas sentirem-se muito pequeninas... As gémeas aproximaram-se e passaram o braço por cima dos ombros uma da outra.

— Safa! Quem não gostava de se ver aqui à noite sozinha era eu!

Pedro aproximou-se da pedra, fascinado. Esticou-se e passou os dedos pela cobra e pelos sinais.

Os outros chegaram-se também e ficaram a olhar.

— Isto brilha! Olha aqui na pedra estes grãozinhos brancos...

— Achas que...

— É mica! Ai, estas raparigas! Não sabes que o granito é formado por quartzo, feldspato e mica?

As gémeas encolheram os ombros.

— Não sabia não! E depois?

SAFA! QUEM NÃO GOSTAVA DE SE VER AQUI À NOITE SOZINHA ERA EU!

— Nunca ninguém nos ensinou...

— Naturalmente já estavam a pensar que eram diamantes... uma rocha cravejada de diamantes... — troçou o Pedro.

— Ai, que parvo, não era nada disso!

— Então o que era?

— Nada... não era nada. Vi umas coisinhas brancas, chamou-me a atenção e pronto!

— Quartzo, feldspato e mica... parece uma fórmula mágica.

— Que ideia, Teresa!

João e Chico não ligaram à discussão e continuavam a observar os sinais.

— Ó Pedro, afinal achas que isto é um código ou não?

— Pode ser... duvido muito é que o consiga decifrar...

— São uns sinaizinhos bem esquisitos, uns redondos, outros em meia lua...

— Se alguém tem aí uma caneta podíamos copiá-los e estudá-los em casa.

— Mas copiá-los para onde? Não temos papel.

— Eu tenho caneta... — disse o Chico.

— Então dá cá. Vou copiar este sinais, escrevo na palma da mão.

— Não faças isso, podes esquecer-te, lavas as mãos e ficamos sem sinais...

— Então onde há-de ser?

— Olha — gracejou a Luísa —, se não pode ser na palma da tua mão, talvez possa ser nas costas do João... até faz verso!

— Querias? Nem pensar!

— Até não era má ideia. Ó João, deixa lá, pá. Logo à noite as tuas costas eram um segundo mapa de tesouro para a gente estudar.

João riu-se.

— Então vá lá, mas não me aleijes!

— Tira a camisola.

— Não tiro nada que está frio. Levanto só a parte de trás.

João levantou a camisola e inclinou-se. Pedro começou a escrever olhando alternadamente a pedra e as costas magras do amigo, sempre com muita atenção para não se enganar. Os outros rodeavam-no a assistir.

— Nunca pensei vir a ser um mapa de tesouro vivo!

— Olha, olha, Pedro, ainda falta um risquinho além...

— Pois falta, e aqui está. Pronto, acabei.

— E agora? Querem tentar subir ao ninho das águias?

— Achas que conseguimos?

— Vocês não sei. Eu consigo de certeza. — E o Chico avançou para o pedregulho maior e começou a amarinhar por ali acima de gatas.

— Que tal?

— Porreiro. Venham!

Pedro e João seguiram-no também de gatas. As gémeas estavam hesitantes.

— Vamos ou não vamos?

— Olha... eu cá vou experimentar. Se não conseguir, desço.

— Então? Sobem ou não sobem?

Já bastante acima, os rapazes tinham-se

enfiado numa reentrância da rocha e chamavam-nas.

As gémeas gatinharam pela pedra e alcançaram-nos. Apoiaram-se também na reentrância e ficaram ali um bocado a descansar.

— Isto é formidável, hã? Até parece que faço parte da rocha.

— Eu queria era fazer parte do tesouro.

— Havemos de o descobrir, deixa lá. Com o mapa que temos na Quinta da Amendoeira e os sinais que copiámos da pedra...

— Eu parece que me fio mais no mapa que descobrimos na quinta...

— Ou com um, ou com os dois...

— E se a pedra agora se abrisse? — interrompeu a Teresa.

— Ora...

— Adorava ouvir uma voz como o Alberto Vilela... — acrescentou a Luísa.

— Safa, Deus me livre...

— Não acredito em vozes — disse o Pedro. — Aquilo era ele que já estava com medo, queria voltar para trás e por isso imaginou que alguém lhe dizia «volta para trás»...

— Não sei... mas eu gostava de ouvir essa voz!

— Eu agora não quero ouvir, quero é ver o ninho das águias! Mas subir daqui para cima é que é pior.

— Eu vou tentar!

— Eu também.

Pedro e Chico espalmaram-se de encontro à rocha e começaram a subir com muito cuidado.

Os outros três observavam-nos. Subitamente ouviu-se uma voz cavernosa que dizia:

— VOLTEM PARA TRÁS!

As gémeas e o João encolheram-se todos e os outros escorregaram de novo até à reentrância.

— Que foi isto?

— VOL-TEM PA-RA TRÁS!

Olharam uns para os outros,aterrorizados. As gémeas estavam brancas de medo.

— A voz vem lá de cima... — murmurou o João.

— Do ninho das águias — segredou o Pedro.

— VOL-TEM PA-RA TRÁS!

Chico inclinou-se para escutar melhor. Aquilo começava a parecer-lhe uma grande aldrabice.

— VOLTEM PARA TRÁS!

— Ai, isso é que não voltamos — berrou o Chico.

— Estás doido? — perguntou-lhe a Luísa, assustada.

— Doido era se ficasse aqui cheio de medo, queres ver?

E sem esperar mais atirou-se pela pedra acima, içando-se como um macaco, direito ao ninho das águias. Pedro ainda hesitou, mas resolveu segui-lo. João e as gémeas ficaram na reentrância a espreitar. Os dois rapazes subiram, subiram... e desapareceram na abertura da rocha.

— Se lhes acontece alguma coisa... que coragem!

— São bestiais...

— Que pena não termos trazido o *Faial* — lamentou-se o João.

— Olha, olha, estão a chamar-nos...

O Chico acenava lá de cima.

— Subam... não há perigo! Venham...

— O que foi? O que foi?

— Venham, que já lhes explico.

— Vai tu à frente, João.

Tacteando à procura de fendas onde apoiar os pés ou as mãos, treparam até lá acima e entraram pela abertura da rocha. Aquilo afinal era uma pequena gruta empoleirada.

— Então o que foi?

— Eram dois tipos, fugiram por este lado.

— Eu ainda os quis seguir, mas o Pedro não deixou.

— Pois não, este lado ainda é mais íngreme, não tinha graça nenhuma partires uma perna.

— Mas porque é que teriam feito aquilo?

— Se calhar ouviram a nossa conversa, quiseram pregar-nos um susto.

— Mas se fosse só uma brincadeira não valia a pena fugirem.

— Lá isso é verdade, quiseram fazer-nos medo e afastar-nos.

— Achas que nos ouviram falar do mapa do tesouro? — perguntou a Luísa.

Pedro encolheu os ombros.

— Sei lá, já nem me lembro do que dissemos...

— O mais certo é terem ouvido — respondeu o Chico, coçando uma orelha. — E agora todo o cuidado é pouco. Podem tentar roubar-nos o mapa ou fazerem-nos alguma.

— Bolas, que medo.

— Lá estás tu, Luísa, agora deste em medricas.

— Temos de descobrir quem são aqueles homens e o que andam a fazer.

— Mas nós não os vimos... — começou o João.

— Eu ainda vi — corrigiu o Chico. — Mal, mas vi. Eu já estava empoleirado cá em cima quando eles largaram a correr pela parte de trás.

— Como eram? — perguntou a Luísa.

— Tinham cara de poucos amigos. Um deles tinha um boné aos quadrados e uma samarra cinzenta com gola de pele.

— E o outro?

— O outro tinha cabelo preto e uma cicatriz na mão. Vi-a quando ele se apoiou para descer.

— Isso já é um sinal especial... — comentou o João.

— Bom, o melhor é voltarmos para casa, lembrem-se que o mapa está no celeiro.

— Schiu... não fales alto, Pedro — advertiu a Luísa.

— Parece que afinal as rochas sempre têm ouvidos... — riu a Teresa.

capítulo 10

Um sonho interrompido

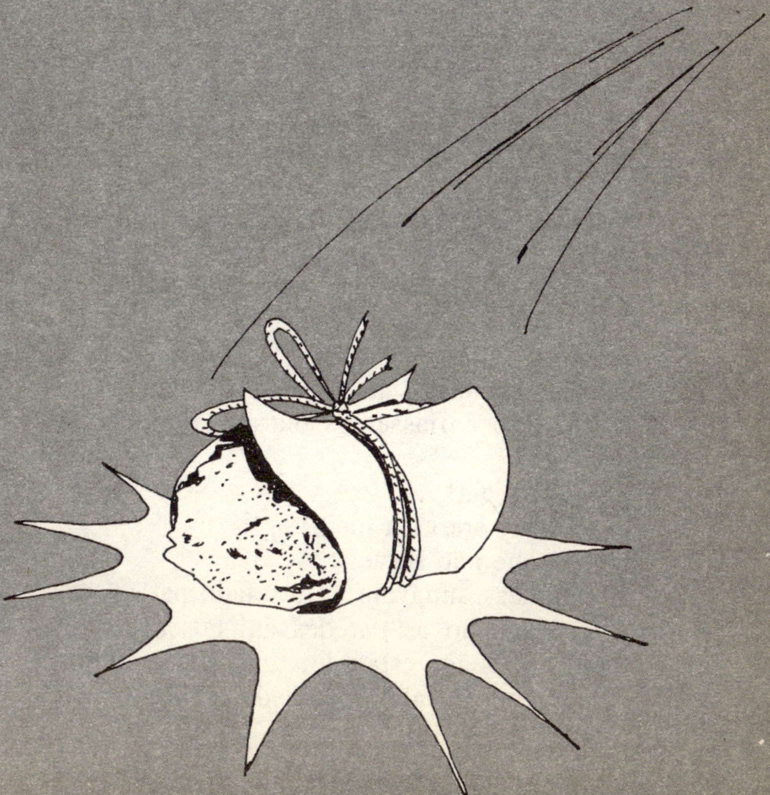

Naquela noite, antes de se deitarem, resolveram tomar a precaução de guardar melhor o mapa do tesouro.

— Tenho medo que os homens nos tenham seguido — declarou o Pedro. — Temos de descobrir um esconderijo melhor.

— Mas onde?

— Numa trave do tecto!

— E como é que lá chegas?

— Isso não é problema...

— E se levantássemos uma tábua velha do soalho?

— Que ideia! Já agora desfazíamos o celeiro, não?

— Ora...

— Talvez abrir a arca...

— E se o enfiássemos outra vez num colchão?

— Que ideia!...

— Então, era uma ideia!

— Só que não serve.

As gémeas andavam de um lado para o outro, perscrutando as paredes em busca de um esconderijo. João, estafado, tinha-se estendido no chão, com a cabeça apoiada no *Faial*. Os outros dois conversavam sentados, de pernas cruzadas.

— Achas mesmo que os homens nos seguiram? — perguntou o Chico.

— É uma hipótese que não convém pôr de parte, não achas?

— Lá isso é verdade — concordou o Chico, roendo uma unha e olhando, pensativo.

— Espera...

— Tiveste uma ideia?

Pedro chamou as gémeas, radiante:

— Ó meninas, venham cá! Não procurem mais que já encontrei a solução.

— Qual é? Qual é?

— Bem — começou o Pedro, aconchegando os óculos no nariz como era seu costume —, se os homens nos seguiram, sabem onde estamos. No caso de conseguirem entrar aqui, viram tudo até encontrarem o mapa.

— Pois... assim nenhum esconderijo é seguro.

— Exacto. O melhor é o mapa andar sempre connosco. Vou trazê-lo comigo entre a camisola e a pele.

— E se o perdes?

— Não perco nada. Agora vou copiar os sinais das costas do João para um papel e depois guardo os dois comigo.

— Boa ideia — disseram as gémeas.

João virou-se de costas, fechou os olhos e respirou fundo.

— Copia o que quiseres enquanto eu durmo uma soneca... estou estafado.

Pedro pegou numa caneta e num papel e passou os sinais com muito cuidado para não descurar nenhum pormenor. Quando ficou pronto, pôs os dois lado a lado e ficaram a observar os desenhos.

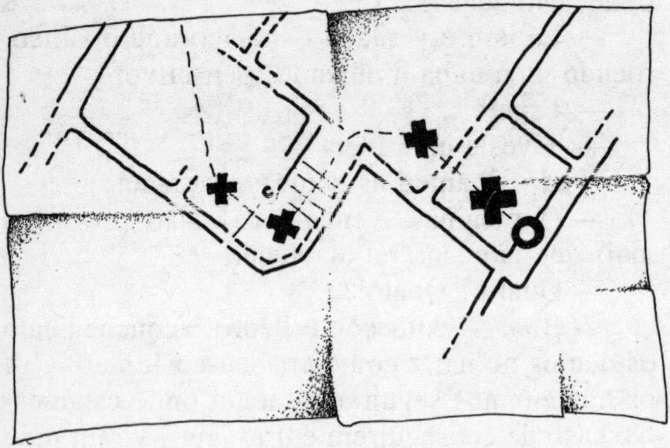

O mapa encontrado no colchão

— Macacos me mordam se percebo o que isto quer dizer!

— Será nas ruínas?

— Serão caminhos da serra?

Chico coçou a cabeça:

— Parece-me que nunca vamos conseguir descobrir nada.

— Não desanimes…

João continuava estendido sem se mexer. Parecia profundamente adormecido.

— O João já está a roncar.

— Jo-ão… João… — Teresa abanou-o suavemente.

— Deixa-o dormir, coitado.

João voltou-se de lado e murmurou qualquer coisa:

— Eira... aiau...

— Está a sonhar alto.

Os sinais copiados da rocha

— Vê lá se percebes o que ele está a dizer.

— João — chamou a Luísa, baixinho.

— A coleira do *Faial*... — repetiu ele, sempre de olhos fechados e voltando-se para o outro lado.

— Está a sonhar com o cão — riram as gémeas.

— Espera... O que ele disse é uma boa ideia.

— Uma ideia? Que ideia?

— A coleira do *Faial*. É o sítio ideal para escondermos os mapas. Se os homens nos apanham, podem revistar-nos. Agora o *Faial*...

— Parece que não és parva de todo...

— Olha o sábio... Coitado — respondeu-lhe a Luísa, abespinhada.

— Não te zangues, eu estava a brincar. Tens razão, duvido muito que alguém se atreva a ir revistar um pastor-alemão.

— Nem tal coisa lhes passa pela cabeça!

— Pois é, se andam à procura do nosso mapa, vão-se concentrar em nós e no sítio onde estamos, nunca no cão.

— Então vamos dobrar os papéis muito dobradinhos e colocá-los por dentro da coleira.

— E como é que se seguram?

— Com fio de *nylon*... é transparente, não se vê.

— Mais a mais o pêlo do cão disfarça.

— Mas quem é que tem fio de *nylon*? — perguntou o Chico.

— Temos nós — disseram as gémeas em coro.

— Não há como as mulheres para pensarem em tudo... — acrescentou a Luísa, triunfante.

— As mulheres para pensar, os homens para executar, ora dá cá o fio...

— Eu cá por mim sinto-me perfeitamente capaz de pensar e executar — afirmou o Pedro.

— Já se sabe que és o super-homem.

— E vocês são as super-mulheres.

— Não somos as super-mulheres mas somos uma maravilha!

— Ai, a minha paciência... — resmungou o Chico. — Vão lá buscar o fio, que me quero deitar.

PLIIM!
A PEDRA, OLHEM...
!
TCHAC
?
É UMA MENSAGEM!

A operação foi executada com rapidez pelos dedos hábeis do Chico. Em seguida, instalaram-se a dormir. Como estavam moídos, adormeceram em menos de um fósforo. Luísa teve um sono agitado. Sonhou com a cobra de pedra, que ganhava vida e saltava para o chão, perseguindo-a. Depois eram os homens que gritavam do ninho das águias «quartzo, feldspato e mica»... a pedra abria-se imediatamente e aparecia uma montanha de ouro e prata. Ela ia a correr mas quando chegava perto a pedra tornava a fechar-se com estrondo...

«CRÁS! BUM!»

Com um esticão, Luísa sentou-se e olhou em volta. Tinha a cabeça a andar à roda. Os outros acordaram também, esfregando os olhos, estremunhados.

— Que foi isto?

— A pedra... a pedra fechou-se...

— Qual pedra? Estás maluca?

— Estava a sonhar...

— A pedra, olhem... — berrou por sua vez o João, apontando para o meio do quarto. No chão estava uma pedra embrulhada em papel e rodeada pelos estilhaços do vidro da janela.

— Olha, alguém atirou isto pela janela! Chico levantou-se ligeiro e foi apanhar aquele embrulho inesperado.

— Então foi isso que interrompeu o meu sonho...

— Olha se me acertavam na cabeça! Safa! Todos em círculo observaram o Chico a desdobrar o papel.

— É uma mensagem...

Em letras redondas estava escrito o seguinte:

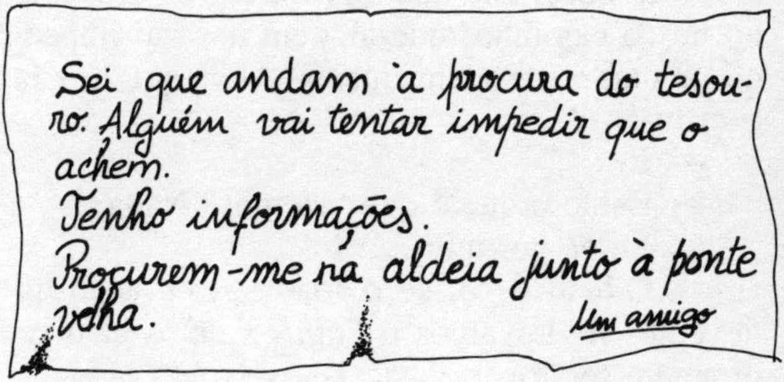

— Quem será?

— Será o Alberto Vilela?

— Que estupidez, coitado do homem! Se tivesse alguma coisa para dizer, dizia, não vinha a estas horas às pedradas à janela!

— Sim, tens razão.

— Mas quem poderá ser? Não conhecemos ninguém por aqui.

— Deve ser alguém da aldeia.

— Mas quem?

— Alguém que ouviu falar de nós, talvez um parente do velhote, sei lá!

— Sim, mas por que havia de nos querer ajudar?

— Isso não faço ideia.

— Talvez seja um amigo da casa, que conheça a tia Judite ou a Elisa. A esta hora já toda a gente sabe que estão cá umas sobrinhas...

— Mas mesmo assim, se fosse alguém que

soubesse onde está o tesouro ia buscá-lo, não nos vinha dizer.

— Mas a mensagem não diz que sabe onde está o tesouro. Diz que alguém se vai atravessar no nosso caminho, que alguém nos vai impedir de procurar... Podem querer evitar que nos façam mal.

— É...

— Então o que é que fazemos? Nada?

— Eu cá por mim...

— Olhem — disse o João —, eu acho que devemos ir. Levamos o *Faial*. Com o meu cão ninguém se atreve a atacar-nos.

— E mais a mais a fonte velha é na aldeia. Deve andar gente por ali.

— Sabes lá tu onde é a fonte velha!

— Não sei, mas pergunto. Não me digas que a fonte de uma aldeia é a quilómetros e quilómetros dessa aldeia!

— Mas há mais aldeias.

— Pois há, mas deve ser naquela onde estivemos...

— Bom, então em que ficamos? Vamos ou não vamos?

— Vamos, o João tem razão. Levamos o *Faial* e logo se vê o que acontece...

capítulo 11

À procura da fonte velha

De mochilas às costas, acompanhados pelo cão, meteram-se a caminho muito cedo. Iam mortos de curiosidade. Quem teria escrito aquele bilhete? Que informações teriam para lhes dar?

Quando chegaram à aldeia, abordaram uma mulher.

— Olhe, faz favor, onde fica a fonte velha?

— A fonte velha?

A mulher estacou e olhou-os um por um. Tinha uma cara redonda e gorda, crestada do sol.

— Sim...

— Mas aqui na aldeia?

— É...

— Devem estar enganados, aqui na aldeia só há uma fonte.

— Mas então? Tinham-nos dito...

— Mas disseram mesmo que era nesta aldeia?

— Lá isso não, disseram só que era na aldeia... — gaguejou o Pedro.

— Ah! Isso é diferente. Há uma fonte a que chamam fonte velha, mas é na Cardenha.

— Na terra onde vive o padre Delfim?

— Isso mesmo. Então já conhecem o padre Delfim?

— Não, não.

Agora que já tinham a informação, queriam pôr-se a andar o mais depressa possível, mas a mulher não despegava.

— As meninas são gémeas, não são? São, que se vê logo!

— Bom, nós vamos andando.

— Esperem aí. Ora digam-me cá, não são as sobrinhas da senhora da Amendoeira?

— Somos, sim — responderam as gémeas.

— Bem me parecia! — A cara da mulher abriu-se num grande sorriso. — Andei com as duas ao colo quando eram deste tamanhinho... — acrescentou pondos as mãos uma em frente da outra.

As gémeas com um sorriso amarelo pensavam: «Muito gostam as pessoas mais velhas destas conversas de chacha.»

— E os paizinhos como estão?

Os rapazes impacientes, começaram a afastar-se devagar.

— Está tudo bem, obrigada... agora temos de ir andando.

— Vão, vão! É sempre em frente, não tem nada que enganar. E a fonte é muito antiga, dizem que é do tempo dos mouros.

As gémeas afastaram-se rapidamente com os amigos, não fosse a mulher querer contar a história da fonte.

— Esta gente acha que tudo é do tempo dos mouros — resmungou o Pedro.

— E sabes lá se é...

— Não sei, mas não me parece. Não pode ser tudo do tempo dos mouros. Os mouros foram expulsos pelos cristãos desta zona há para aí dez séculos... Ora dez séculos são mil anos...

— Passa aí o cantil que estou com sede.

Continuaram o caminho direitos à aldeia seguinte. À entrada, dois miúdos indicaram-lhes onde ficava a fonte velha.

— Vão por este desvio, é ali ao fundo, uma fonte de pedra.

— Mas se querem água para beber é melhor o chafariz. Foi a Junta de Freguesia que o contruiu há dois anos... agora já temos água no meio da vila, já não é preciso ir tão longe...

Pedro sorriu. Quem viveu sempre na cidade não faz mesmo ideia dos problemas que tem quem vive no campo...

— Não, obrigada, queremos é ir ver a fonte.

Seguiram por um carreiro e logo adiante encontraram a fonte velha. Aproximaram-se olhando para todos os lados. Não se via ninguém.

— Olha, tem uma data escrita em números romanos disse a Teresa.

Na pedra com efeito estava gravado MDCC.

João aproximou-se e leu em voz alta:

— 1700, a fonte foi construída em 1700!

— Como é que sabes?

— Ora, numeração romana era a minha especialidade na primária. Nunca mais me esqueci.

— Eu cá já não me lembro de nada... — disse a Teresa.

— Uma fonte que tem quase trezentos anos — disse o Pedro, afagando o rebordo de pedra.

— Então nessa altura já cá não havia mouros...

— Claro que não. Havia portuguesinhos... os nossos antepassados. Construíram aqui uma fonte lindíssima.

Luísa sentou-se em cima da fonte.

— De qualquer maneira é giro estar sentado em cima de uma coisa tão antiga! Já pensaram na quantidade de pessoas que se devem ter sentado aqui?

— Neste momento eu queria ver era as pessoas que nos mandaram a mensagem.

Voltaram a olhar em redor, esperançados. Mas não aparecia ninguém.

— Mostra o que tens aí na mochila, estou cheio de fome.

— Trouxe empadas de galinha que me deu a Elisa, pão com queijo e maçãs.

— Então passa aí. Tenho o estômago a dar horas.

Abriram os sacos e comeram com apetite.

— O cantil oval tem limonada, o redondo tem sumo de laranja. Qual queres?

— Tanto faz, olha, dá cá este!

Passaram ali um bom bocado, sempre à espera de ver aparecer alguém, mas nada.

— Já estou farta de estar aqui!

— Naturalmente foi uma partida estúpida...

— Mas de quem... e porquê...

— E que estúpida partida, fazerem-nos subir a serra para ficarmos aqui a pasmar!

Pedro estava com ar pensativo e não dizia nada.

— Que é que achas, ó Pedro?

— Vamos embora?

Pedro aconchegou os óculos no nariz e respondeu como quem fala consigo próprio:

— Oxalá eu me engane...

— Porquê? O que é que estás a pensar?

— O melhor é irmos embora. Tenho a impressão que caímos que nem uns patinhos.

— Mas porquê?

— Foi uma ideia que eu tive. De certeza que nos quiseram afastar de casa. Vão ver que foram os homens que encontrámos no ninho das águias.

— Achas?

— Não sei, o melhor é irmos embora e já.

O grupo pôs-se em marcha para a quinta. Iam impacientes por chegar. O caminho pareceu-lhes muito longo e quase não falaram uns com os outros. Quando avistaram a casa, aceleraram o passo.

Elisa estava a estender roupa. Acenou-lhes sorridente.

— Cá recebi o recado.

— O recado? Qual recado? — perguntou a Teresa.

— Então, aqueles amigos que cá mandaram. Pediram para ir ao celeiro buscar umas coisas que vocês se tinham esquecido de levar para o passeio...

OXALÁ EU ME ENGANE... DE CERTEZA QUE NOS QUISERAM AFASTAR DE CASA.

Olharam uns para os outros, mudos e consternados. Elisa estranhou:

— Não os encontraram? Eu dei-lhes a chave da porta e eles depois vieram trazê-la e agradecer. Foram à vossa procura.

Continuaram todos em silêncio.

— Não os encontraram? — repetiu a Elisa.

— Encontrámos, encontrámos... — respondeu o Pedro, recobrando o sangue-frio.

— A Elisa não os conhecia? — perguntou a Teresa.

— Não, eu nunca os tinha visto. Até fiquei admirada com a vossa facilidade em fazerem amigos. Chegam aqui e passados poucos dias já conhecem toda a gente, gente que nem eu conheço e vivi cá toda a vida...

— Encontrámo-los perto da aldeia — disse o Pedro, para cortar a conversa.

— Ai, ainda bem! — Elisa entregou-lhes a chave e voltou a estender roupa.

Numa correria desapareceram em direcção ao celeiro.

— Malandros, vais ver que remexeram tudo.

Subiram de roldão e pararam, estupefactos. A desordem era incrível.

— Parece que passou por aqui um furacão. Olhem para isto!

Colchões, sacos-camas, mantas, roupas, estava tudo espalhado no chão. Tinham tirado todas as gavetinhas da cómoda e despejado o conteúdo por ali ao acaso. A arca estava escancarada exibindo umas velhas mantas de lã.

— Que bestas...
— Rebentaram a fechadura da arca!
— E agora? Temos de pôr tudo em ordem — suspirou a Luísa, sentando-se no meio da barafunda.
— Que desânimo!
— Fomos muito estúpidos! Estava mesmo a ver-se que era uma aldrabice.
— Ainda bem que tínhamos o mapa do tesouro connosco — disse o João, afagando a cabeça do *Faial*.
— Achas que eles vão voltar?
— Hum!... Não me parece. Viraram tudo do avesso, não há recanto que não tenham vasculhado. Voltar para quê?
— É — disse o Pedro com ar grave. — Agora eles sabem que o mapa está connosco. Temos de ter muito cuidado.
— Achas que nos vão perseguir? — perguntou a Teresa, com ar assustado.
— Acho.
— E agora? E se vêm aqui à noite?
— Não, isso não se atrevem. Era arriscado.
— Sim, uma coisa é passar por aqui a correr e atirar uma pedra pela janela, outra é assaltar o celeiro de uma quinta... não sabem se há cães...
— E até há — atalhou o João olhando o *Faial* com orgulho. — Eles que se atrevam...
— Temos de ter cuidado na rua, isso sim.
— Bom, agora temos de arrumar isto. E não se esqueçam, nem uma palavra sobre o assunto à Elisa. Não vale a pena assustar as pobres senhoras.

— Assustada estou eu — confessou a Teresa, levantando-se e começando a apanhar as suas roupas.

— Temos de pensar num plano qualquer.

capítulo 12

O padre Delfim dá uma pista

Depois de pensarem muito, chegaram à conclusão que o melhor era irem procurar o padre Delfim. Afinal tinha sido ele a mandar os colchões para o celeiro.

Mal o Sol se tinha levantado, já estavam a caminho da Cardenha.

— Achas mesmo que os padres se levantam tão cedo? — perguntou a Luísa.

— Já te disse que sim. De resto, aqui nas aldeias toda a gente se levanta cedo. Se nos demoramos muito já nem o apanhamos mas é em casa — respondeu o Pedro, acelerando o passo.

— Olha, já se avistam as casas...

— Esta aldeia é maior que a dos Estevais.

— Mas eu cá para mim acho os Estevais mais bonitos...

— A casa do padre deve ser aquela ao lado da capela — disse a Teresa, apontando para uma construção sólida que sobressaía à esquerda.

— A capela é do tempo da reconquista — afirmou Pedro, com ares de professor.

— É estilo romântico, não é? — perguntou o Chico, esforçando-se por recordar qualquer coisa das aulas de História.

— Não é român-ti-co, é romã-ni-co — corrigiu o Pedro, com naturalidade e sem troçar.

As gémeas entreolharam-se e piscaram o olho.

«O Pedro sabe muito mas não gosta de humilhar os outros. É um tipo porreiro!»

Avançaram para a porta da capela abrindo uma cancela de madeira que rangia.

— E agora? — perguntou o João.

— Deixa ver...

Pedro contornou a igreja, seguido pelos outros, e deu de caras com o padre que, de tesoura em punho, tratava das suas flores.

— Deus nos dê bons-dias... — saudou-os, com ar bonacheirão.

Era um velhote gorducho, de nariz abatatado, com uma verruga na ponta. Vestia uma batina preta bastante surrada, donde sobressaía uma barriga proeminente. Tinha um ar bem-disposto e simpático.

«Este gosta de comer bem», pensou o Chico, sorrindo.

— Então o que os traz por cá? São os sobrinhos da D. Judite, não são?

— Bom dia, senhor padre Delfim — começou a Luísa.

— Vejo que já me conhecem. Sou, sim senhor... então o que os traz por cá?

— Nós...ah...viemos por aqui...

— Estás atrapalhado, rapaz — gracejou o padre.

— Não, mas é que...

— Ora venham entrando, conversamos melhor aqui dentro, que o tempo está bonito mas faz cá um friozinho...

Entraram por um pequeno corredor escuro que cheirava a cera e foram direitos à sala, acotovelando-se e dizendo uns para os outros «fala tu, fala tu».

A sala era uma divisão pequena com uma mesa pesada ao centro e cadeiras em volta. Nas paredes havia várias gravuras de santos e uns raminhos de flores secas.

— Sentem-se, devem estar com frio. Vou pedir à Joana que nos traga qualquer coisa quente.

— Não se incomo... — ia a dizer o Pedro.

Mas o padre já berrava:

— Ó Joana, traz qualquer coisa quente que temos visitas... e aquelas bolachinhas de manteiga.

— Esta gente está sempre a pensar em comida — segredou o João.

— Deixa pensar que eu cá por mim não digo que não — respondeu o Chico, em voz baixa.

— Ora então digam lá, com certeza não vieram só para me cumprimentar — gracejou o padre, esfregando as mãos, com ar brincalhão.

— Bem, viemos cumprimentá-lo... — começou a Luísa.

— E era o que faltava que não viessem, eu que as vi tão pequeninas e tão iguaizinhas, ainda de colo...

As gémeas esboçaram o sorriso amarelo do costume.

— Ainda são mesmo iguais? — perguntou o padre, pegando-lhes nos queixos para as comparar.

— Há qualquer coisa que as distingue — murmurou o Chico —, mas ninguém sabe o que é.

— Se ninguém sabe, eu também não descubro.

O padre soltou-as e sentou-se. O Pedro tomou a palavra, aconchegando os óculos.

— Pois é, nós viemos também com a ideia de ver a sua colecção de moedas de ouro que encontrou por esses campos.

— Ah! Ah! Se eu tivesse encontrado moedas de ouro... não, encontrei moedas mas não são de ouro.

— Mas são antigas?

— São. Encontrei moedas romanas, que agora estão num museu. Entreguei-as e recebi um prémio. O que eu tenho nesta gaveta são umas moedas do tempo da monarquia.

— Do tempo de quê? — perguntou o João.

— Dos reis — atalhou o Pedro.

— Já vejo que temos um sabichão — riu o padre.

Pedro agitou-se na cadeira com desconforto. «Detesto que me chamem sabichão», pensou.

— Onde é que encontrou as moedas? Foi ao pé do ninho das águias?

— Ao pé do ninho das águias? — estranhou o padre. — Não! Parece que já lhes contaram as lendas a respeito do ninho das águias...

— Onde foi então? — insistiu a Luísa.

— Ora bons dias — interrompeu a Joana, entrando com um tabuleiro que pousou em cima da mesa.

«Bolas», pensou a Luísa, «agora que a conversa estava encaminhada...»

Mas o cheiro do café com leite fê-la desviar imediatamente a atenção. Em cima da mesa, Joana dispunha pratinhos com coisas muito apetitosas, bolachinhas, quadrados de marmelada...

— A vida de padre aqui nas serras é uma vida de cão. Se a gente não comer bem está arrumado. Sirvam-se à vontade, meus filhos...

Ninguém se fez rogado.

O padre era simpático e a Joana também. Já se sentiam todos à vontade. Com a boca cheia de bolachas, o Chico voltou ao assunto:

— As moedas são muito valiosas? Onde é que as encontrou?

— Bem, eu encontrei estas moedas nas ruínas da Vila Rica, sabem onde é?

— Hum... Hum... — responderam todos, acenando que sim.

— Pois aquilo está muito explorado. Antes de mim muita gente andou por lá à cata de moedas, e depois de mim também.

— Mas também nos falaram em tesouros enterrados na serra.

— Ah! Os tesouros... Bem, por aqui não faltam lendas. Quanto aos tesouros, se os houver, são do tempo das invasões francesas.

— Que invasões? — perguntou o Pedro, admirado.

E OS TESOUROS?
QUAIS TESOUROS?
?

— Então vocês não estudam História de Portugal?

— Estudamos, mas ainda aprendemos pouco, estamos nas férias do Natal...

— Ah, bom. Então eu explico — disse o padre, cruzando os braços sobre a mesa e afastando ligeiramente o tabuleiro. — Há quase duzentos anos os exércitos de Napoleão, que era imperador de França, invadiram Portugal. Pelo caminho iam pilhando e saqueando...

— O que é saqueando?

— Saqueando, é do verbo saquear, saquear quer dizer... quando um exército entrava numa cidade inimiga, ia pelas igrejas, pelas casas e tirava tudo o que fosse de valor, coisas de ouro, de prata, jóias... obras de arte... olhem, muitos tesouros portugueses foram parar a França!

— E então? Ficámos sem nada?

— Sem nada, não. Levaram muitas coisas, mas os portugueses defenderam-se! E como já sabiam que os franceses levavam o que encontravam, muitas pessoas enterravam e escondiam as suas coisas. Houve até quem caiasse altares de prata para parecer que eram de pedra. Houve quem emparedasse...

— Emparedasse? O que é isso?

— Emparedar é meter dentro da parede. Muita gente escondeu as suas coisas dentro das paredes ou faziam paredes falsas.

— Mas depois? Os franceses não foram expulsos?

— Claro, se não a estas horas tu eras francês.

Riram todos.

— Com a ajuda dos ingleses, os franceses foram vencidos — continuou o padre.

— E os tesouros? — perguntou o Chico.

— Quais tesouros? — inquiriu o padre, franzindo o sobrolho.

— Os que estavam escondidos e enterrados.

— Ah! pois. Bem, quando acabou a guerra, cada um foi buscar o que era seu. Mas está claro. Algumas pessoas morreram na guerra e os parentes não sabiam onde era o esconderijo... Outras fugiram e nunca mais voltaram à sua terra... ainda há-de haver por aí coisas enterradas ou emparedadas, quem sabe?

Olharam uns para os outros entusiasmados com as palavras do padre. Tesouros dentro de paredes... as paredes das casas em ruínas... era uma possibilidade.

— No tempo das invasões a Vila Rica ainda era habitada?

— Sim, minha linda, viviam lá várias famílias. Mas a aldeia mais povoada era esta onde estamos. Há ainda os restos de uma casa senhorial, viviam aqui pessoas muito ricas. Essa casa foi transformada em casa paroquial há mais ou menos cem anos.

— Casa paroquial?

— Sim, quer dizer, casa do padre. Foi casa do padre durante muito tempo. Quando eu vim para aqui ainda lá estive uns tempos. Mas depois construíram esta porque a outra estava a cair.

O grupo estava em pulgas para se ir embora. Sentiam-se capazes de deitar abaixo o que restava das ruínas da Vila Rica até encontrar o tesouro.

Teresa arranjou um pretexto para se despedirem.

— A tia já deve estar à nossa espera, temos de ir andando.

O padre levantou-se e encaminhou-se para a porta, com a mão no ombro do Chico.

— Então voltem sempre que quiserem... Quando é que acabam as férias?

— Dia 3 de Janeiro regressamos — respondeu a Luísa, já na rua.

— Lembranças à vossa tia e à boa Elisa.

Acenaram alegremente e afastaram-se numa excitação.

capítulo 13

Onde estão as gémeas?

— Vamos às ruínas... Vamos às ruínas...

Teresa e Luísa rodopiavam aos gritos, sem saírem do mesmo lugar.

— Vocês não estão boas da cabeça! — resmungou o Pedro.

— Já agora gritem bem alto o que lá vamos fazer! Vá!

As raparigas detiveram-se.

— Vocês estão tão chatos, sempre a resmungar!

— Vamos mas é daqui embora. Estou morto por chegar às ruínas. Agora já temos uma ideia...

— Chut! Caluda! Não se fala nessas coisas em voz alta.

Puseram-se de novo em marcha em direcção à quinta.

— Passamos pela quinta ou seguimos direitos à Vila Rica?

— Eu quero ir à quinta. Vamos buscar os cães.

— Os cães, não. O cão. Só vale a pena levar o *Faial*.

— Não, não. O *Caracol* também vai. Sabes

lá se não é hoje que encontramos o tesouro? Quero que ele esteja presente.

— Ai a minha vida... — começou o Chico. — Mas queres o *Caracol* para quê?

— Quero e pronto! — respondeu a Luísa, estugando o passo.

— Então és tu que o levas ao colo até lá acima.

— Já da outra vez fui... ora!

As gémeas entraram na quinta seguidas pelos rapazes. *Faial* e *Caracol* andavam no jardim e acorreram quando os viram chegar.

— Já estamos todos, agora é não perder mais tempo, vamos!

Voltaram a subir o monte, já com mais facilidade. Iam-se habituando a trepar por caminhos difíceis. Luísa carregou o *Caracol* sem nunca pedir ajuda. Chegou lá acima ofegante.

— Ora cá estamos...

Um barulho esquisito pregou-os ao chão.

— Que foi isto? — perguntou João, chegando-se para o *Faial,* que rosnava baixinho.

— Não sei... parecia o barulho de pedras a cair...

— Talvez fosse isso, algum animal que saiu da toca e fez resvalar uma pedra.

— Animal? Que animal? — Luísa chegou-se também para o pé do *Faial,* que continuava eriçado a rosnar baixinho.

— Vamos ver...

O Chico avançou para dentro das muralhas, espreitando em volta e agarrando, à cautela, numa cana bem grossa. Os outros seguiram-no, cautelosos. Mas não se via nada de especial. Lá estavam as mesmas paredes em ruínas, cobertas de musgo. O silêncio, no entanto, pareceu-lhes pesado.

— Não vejo nada de especial, vamos...

Continuaram pelo meio das casas com a sensação esquisita de que alguém os espiava.

— Sinto que estou a ser observado — murmurou o Pedro.

— Mas observado por quem? — perguntou a Teresa, encolhendo-se com medo.

— Não sei, mas reparem — insistiu o Pedro, baixando a voz —, o *Faial* está inquieto, está agitado.

João segurava-o pela coleira, com força.

— Não o deixes afastar — pediu a Luísa.

Chico avançou um pouco mais, olhando para todos os lados. Uma restolhada fê-los voltar todos para o mesmo lado.

— Não há dúvida de que anda aqui alguém... Venham comigo — propôs o Chico, dirigindo-se para o sítio de onde tinha vindo o barulho.

Teresa, aterrorizada, agarrou-se à camisola dele.

— Larga-me — ordenou o Chico, em voz baixa.

— Estou com medo...

— O melhor é entrarmos naquela casa maior — murmurou o Chico, empurrando os outros à sua frente.

— Boa ideia, escondemo-nos naquele recanto que ainda tem chaminé e logo vemos o que se passa — continuou Pedro, em voz baixa.

Sempre muito juntos, enfiaram-se pelos res-

SINTO QUE ESTOU A SER OBSERVADO...
NÃO HÁ DÚVIDA DE QUE ANDA AQUI ALGUÉM...

tos de uma velha casa, afastando os arbustos que dificultavam a passagem, e ficaram à coca. Durante um bom bocado ninguém falou. João segurava o *Faial* pela coleira. Luísa apertava o *Caracol* de encontro ao peito. Não se ouvia ruído nenhum.

Uma nuvem escura encobriu o Sol, lançando a vila numa mancha de sombra. As gémeas sentiram um arrepio pela espinha acima e encostaram-se mais de encontro à chaminé.

Foi então que duas pedras atravessaram o ar embatendo com estrondo na muralha. Faial começou a ladrar furiosamente, com um esticão soltou-se e saiu disparado por entre as casas em ruínas.

— Aqui, *Faial*, aqui! — gritou o João, seguindo-o. Mas o cão não voltou para trás. Os rapazes olharam-se, hesitantes.

— Vamos atrás dele?

— Não, não! — balbuciaram as gémeas, apavoradas.

Mas eles nem as ouviram. Chico saiu a correr e Pedro também.

— E agora? — Luísa, com um soluço, cravou as unhas no braço da irmã e afrouxou a pressão sobre o *Caracol*, que também se soltou e fugiu.

— Olha o *Caracol*... *Caracol*, *Caracol*...

O cão desapareceu aos pulinhos por cima do muro.

— Vou gritar — disse a Luísa, com voz rouca.

Teresa, aflita, encolheu-se num canto e

apontou as ramagens que se afastavam lentamente empurradas por uma mão de homem.

Luísa perdeu a fala e esbugalhou os olhos em pânico. A mão tinha uma grande cicatriz... Com o coração aos pulos, sem conseguirem articular palavra viram um vulto avançar para elas. Pedro? Chico? *Faial*? Onde estariam todos? Naquele momento os rapazes corriam por cima das muralhas atrás do cão

— Por aqui! Foram por aqui! — gritava o João, respirando com dificuldade.

— Por aqui por onde? Não se vê ninguém... — resfolegava o Pedro.

— Olha, olha... — Chico estendeu o braço em direcção a um maciço de verdura que parecia mover-se.

Faial deu um salto e dirigiu-se ao lugar indicado, ladrando como um louco.

Os rapazes precipitaram-se também, mas um espinho prendeu a camisola do João, que se estatelou com toda a força lançando um grito. *Faial* retrocedeu imediatamente direito ao dono e começou a andar em volta dele, latindo e lambendo-lhe a cara. Os outros pararam e ajudaram-no a pôr-se de pé.

— Magoaste-te, pá?

— Não — respondeu o João, sacudindo a roupa.

— Estás arranhado, estás a deitar sangue do nariz...

— Isto não é nada!

João procurava disfarçar e fazer-se valente mas ainda via tudo turvo à sua volta. Tinha batido mesmo com a cara no chão.

Pedro tirou um lenço da algibeira e deu-lho.

— Aperta bem o nariz e olha para cima que isso passa.

Chico olhou em volta.

— As gémeas?

— Devem estar por aí, cheias de medo!

— Afinal não encontrámos ninguém, naturalmente foi tudo imaginação nossa...

— Vamos procurá-las... propôs o João ainda agarrado à cara.

— Teresa! Luísa!

Ninguém respondeu.

— Te-re-sa! Lu-í-sa!

Nada.

— Achas que se foram embora?

— Não sei, talvez ainda estejam naquela chaminé.

Dirigiram-se todos para lá, na galhofa.

— Vamos pregar-lhes um susto? — propôs o Chico.

— Bom susto já elas apanharam, não vale a pena — disse o Pedro, rindo.

— Lá isso é verdade.

Chico adiantou-se e afastou os arbustos com a mão à espera de encontrar as gémeas a tremer de medo dentro da chaminé. Mas... não estava lá ninguém.

Virou-se para os outros, perplexo.

— Não estão aqui... Olhem!

Pedro e João espreitaram também.

— Pois não...

Faial farejava em volta.

— E o *Caracol*? Que será feito do *Caracol*?

— Terão ido à nossa procura? — aventou o João.

— Vais ver que foram para casa — disse o Pedro, com voz pouco segura. Pegaram no cão e voltaram para a quinta.

— Te-re-sa... — chamou de novo o Chico.

Ninguém lhe respondeu.

João olhava-os com uma cara esquisita. O sangue tinha estancado mas o nariz parecia uma batata, inchado e vermelho. Mordia a boca, inquieto. Desceram a serra em passo acelerado e foi com o coração apertado que entraram o portão. Pedro foi sozinho à cozinha. A boa Elisa lá andava sempre de roda das panelas.

— Olá! Por aqui?

— As gémeas já chegaram? — perguntou ele, passando a mão pela cara e fingindo bocejar com medo que ela percebesse o que se passava pela sua expressão.

— As gémeas? Não, não as vi. Não saíram todos juntos?

— Saímos, sim. Mas nós viemos andando, elas devem ter ficado em casa do padre Delfim mais um bocado — respondeu o Pedro, saindo apressado.

Chico e João esperavam-no consternados no jardim.

— No celeiro não estão...

— Em casa também não.

— E agora?

capítulo 14

Um mau bocado

— E agora, Luísa, achas que vamos ficar aqui para sempre? Não se vê quase nada...

— Não sei — respondeu a Teresa, quase a chorar —, aqueles tipos têm um aspecto de brutamontes, são capazes de tudo.

— Estou cheia de dores nas costas, o mais alto empurrou-me contra a parede quando tentei fugir.

— E eu estou sentada em cima de uma erva com picos, assim com as mãos atadas e as pernas atadas não me consigo levantar...

— Quem diria que uma das casas da vila ainda tinha uma cave destas...

— Não explorámos bem a vila inteira...

O cheiro a mofo e o frio provocavam-lhes arrepios.

— Atchim! Estou gelada.

— Isto será mesmo uma cave?

— Pareceu-me, quando entrei, mas passámos um túnel tão apertado, aos encontrões à parede...

— Achas que eles nos vêm libertar?

— Bolas, hão-de dar connosco.

Um barulho de passos interrompeu a conversa das gémeas.

— Então? Sentem-se bem aí amarradinhas? Pestes de miúdas, ainda estou para saber qual de vocês me deu uma dentada no braço...

— Não tem importância... espancam-se as duas.

A Luísa e a Teresa encolheram-se e cerraram os dentes.

— Seus brutos — balbuciou a Teresa, encontrando uma réstia de coragem.

— Olha que levas já, monstrinho. Ou nos dizem onde esconderam o mapa do tesouro ou vão ver como somos brutos.

Olharam uma para a outra sem saber o que fazer mas continuaram caladas.

— Vocês sabem bem do que estamos a falar. Onde está a outra metade do desenho?

A outra metade! Então era isso! Os homens tinham uma parte do mapa do tesouro. Por isso é que não tinham conseguido decifrá-lo!

— Sabemos lá de mapas — arriscou a Luísa —, vocês são uns pategos, acreditam em balelas...

Trás! Um dos homens ferrou-lhe uma bofetada.

— Estúpido — gritou a Teresa. — Raptores! Ainda acabam na cadeia.

— Isto é que são umas fúrias! Vocês é que estão presas e daqui não saem enquanto não descobrirmos o tesouro.

Luísa e Teresa ficaram apavoradas. Não viam realmente hipótese de saírem daquele buraco infecto. Eles não só queriam o mapa como não as libertavam sem achar primeiro o tesouro...

— Nós não sabemos do mapa. Mas se nos libertarem podemos indicar quem sabe — arriscou a Luísa, com esperança de enganar os homens.

— Não querias mais nada? Julgas que nascemos ontem?

— Desembuchem — gritou o matulão da cicatriz. — Quem tem o mapa? Deram-no ao padre? Esconderam-no nalguma rocha? Vá, respondam!

— Estão aqui estão a dormir, moídas de pancada...

— Atrevam-se...

— Cala-te, Luísa — sussurou a irmã.

Mas a Luísa estava fora de si.

— Se nos põem a dormir com pancada não podemos falar...

Os homens entreolharam-se com ar desanimado. As miúdas eram mais corajosas do que eles esperavam.

— O melhor é ficarem aqui a apodrecer no meio de ratos e amanhã veremos se falam ou não...

— Damos-lhes alguma comida?

— Ná! Que passem fome, já que não querem colaborar. Vamos sacar os outros.

Os homens afastaram-se dando um pontapé numa pedra solta. A pouco e pouco foram deixando de se ouvir os passos no túnel. As gémeas ficaram mergulhadas num silêncio total.

Plinc... Plinc... Pingos de água caíam algures por trás da rocha.

DESEMBUCHEM.
QUEM TEM O MAPA?
PAF!
VVVAAP

— Estou cheia de sede — queixou-se a Teresa.

— E fome — respondeu a Luísa.

— Se eu ao menos conseguisse soltar as mãos, talvez nos pudéssemos escapar.

— Não dá. As cordas estão apertadas, magoam-me os pulsos.

— E os tornozelos...

— Se os rapazes conseguissem descobrir este maldito túnel...

— O pior é se os homens os apanham a eles!

— Ouve lá — disse a Luísa, com um arrepio —, achas que as cobras hibernam aqui e acordam com o nosso barulho?

— Ai que parva, Luísa! — ralhou a Teresa, olhando no escuro, tentando certificar-se de que não haveria motivo para sustos.

— Não vejo maneira de nos livrarmos disto...

— Chut! Ouve, ouve... Parece que vem aí qualquer coisa...

— Que medo, o que será? Será um bicho?

Tic, tic, tic. Não havia dúvida, alguma coisa se aproximava pelo túnel. O que seria?

As duas irmãs encostaram-se uma à outra de olhos esbugalhados. Uma mancha branca agitava-se à entrada do túnel.

— Caracol! — berraram as duas.

— Meu querido cão!

O *Caracol* saltou-lhes para cima, abanando o rabo, lambendo-lhes a cara, satisfeitíssimo. Finalmente encontrara de novo as suas donas!

Na confusão nem se tinham lembrado mais do *Caracol*. Como é que ele teria conseguido dar com elas sem os homens o apanharem?

— Que cão valente!

— Se ele conseguisse roer as cordas? Não são muito grossas... achas que ele consegue?

— Experimenta-se.

Entretanto Luísa já tinha encostado os pulsos e os tornozelos ao focinho do cão.

— Rói, *Caracol*, rói!

O *Caracol* farejou, lambeu-lhe os sapatos e começou a roer a corda.

— Isso, meu lindo, vá! — encorajou a Teresa. — Este cão é o maior!

— Uf! Já está. Tenho as mãos livres, deixa ver que agora desato-te a ti.

Com algum esforço e a ajuda do *Caracol*, a Luísa soltou os pés e as mãos da irmã. Assim que se viram livres correram para o túnel com o *Caracol* atrás.

O túnel era comprido e escuro. Avançaram às apalpadelas, subindo uma rampa. Estavam cheias de medo que os homens aparecessem de repente.

— Não se vê o fim, onde é que isto irá dar?

Pum! Um estrondo fez a Teresa estancar. A Luísa tinha ido com toda a força de encontro a uma porta. Estavam ali fechadas!

— E agora? — choramingou a Luísa.

— Estes tipos são perigosos. Ataram-nos, fecharam-nos... se calhar queriam matar-nos à fome...

— Não, isso talvez seja de mais... mas se aparecem por aí é que vai ser...

— Que encrenca...

— Espera aí... como é que o *Caracol* entrou, se a porta está fechada? — exclamou a Luísa.

— Tens razão, deve haver outra saída.

— Sai, *Caracol*, sai... procura a saída...

Luísa empurrava-o para trás mas o cão limitava-se a lamber-lhe a mão com ar triunfante. Um feixe de luz, filtrado por uma teia de aranha, entrava pelo canto esquerdo da porta. De nariz no ar observaram com cuidado as paredes, procurando o buraco por onde o *Caracol* tinha entrado. Mas a pouca luz não lhes permitia ver bem.

Caracol começou a recuar e a farejar.

— Olha para ele, olha, parece que se decidiu...

Luísa teve uma ideia brilhante.

— Vai ao João, *Caracol*, ao João... Vá! Ao João...

O *Caracol* desatou a correr pelo túnel ladrando e saltando. Sem hesitar, enfiou-se por uma abertura e desapareceu. Ouvia-se apenas um latido no escuro.

— Bravo, Luísa... Não há bicho que resista a procurar o João, o amigo dos animais...

E a Teresa enfiou os braços pela abertura içando-se para outro túnel estreitinho, onde era obrigada a rastejar. Luísa seguia-a imediatamente.

— Safa, que isto é estreito, encolhe-te...

— Estamos a subir...

— Já vejo luz, maninha... Estamos salvas!

O ar fresco da tardinha bateu-lhes em cheio na cara. Olharam uma para a outra e respiraram fundo.

— Safámo-nos, nem acredito...

— Estamos numa das casas em ruínas, ao fundo da vila, não tínhamos chegado a vir aqui para estes lados...

— Já viste que esta casa ainda tem telhado?

— Olha um casaco ao canto... Se calhar viemos dar mesmo ao esconderijo dos bandidos...

Os restos de uma fogueira confirmaram que o casebre estava a ser utilizado por alguém.

— Olha, Teresa... vês este nicho, tem qualquer coisa dentro...

— Mostra, o que é?

— Não sei... são papéis...

Teresa meteu a mão dentro do nicho e retirou uma bolsa de plástico cheia de papelada.

— Mostra, abre...

Rapidamente a Teresa retirou os papéis e espalhou-os no chão.

— É o mapa, está aqui a metade que falta ao nosso mapa!

— Temos que nos pirar! Dá cá o mapa que o meu bolso tem fecho...

Um pingo grosso de chuva caiu na testa da Teresa.

— Vem aí uma grande chuvada!

— Está um céu de tempestade...

— Vamos fugir.

A porta meio partida não ofereceu qualquer resistência e sem se lembrarem que os homens podiam andar por perto, largaram a correr pelo monte em direcção à quinta e já debaixo de uma carga de água.

capítulo 15

De novo na quinta

— Ão, ão, ão!

O ladrar forte do *Faial* encheu-as de alegria.

— São eles, vinham à nossa procura.

— Pedro, Chico, estamos aqui! João!

Numa curva do caminho encontraram-se frente a frente e caíram nos braços uns dos outros.

— Luísa, Teresa... Onde é que se meteram?

— Que horror, já viram o estado em que estão? Parece que andaram à luta com uma matilha de cães selvagens...

A chuva estava cada vez mais forte e ensopava-lhes os cabelos, as roupas, que se colavam ao corpo, cheias de terra. As gémeas, todas arranhadas na cara e nas mãos, estavam miseráveis!

— Vamos fugir daqui! — exclamou a Luísa, agarrando num braço do Chico.

— Vamos, depois lhes contamos a nossa terrível aventura...

Um relâmpago iluminou o céu de ponta a ponta, logo seguido de um estrondo formidável. A chuva caía com força, dificultando-lhes os movimentos. Percorreram o resto do caminho aos tombos, segurando-se uns aos outros.

VAMOS FUGIR DAQUÍ!
VAMOS, DEPOIS LHES CONTAMOS...

— Anda cá, *Caracol* — dissera o Chico, pegando-lhe ao colo e avançando à frente a abrir caminho.

As luzes da quinta encheram-nos de alegria e transpuseram o portão a arfar, a tremer e a rir como uns tontinhos.

— O que é que vos aconteceu, filhos?

A Elisa e a tia Judite, na soleira da porta, olharam-nos, espantadas

— Entrem! Entrem! Que ideia andarem lá fora com este temporal...

A Teresa e a Luísa tentaram esconder-se atrás dos rapazes para a tia não ver o estado em que se encontravam.

— Já para o banho, vocês precisam é de um banho quente, se não assim encharcados vão apanhar uma pneumonia... Elisa, depressa, traga água a ferver, prepare-lhes uma canja.

Elisa avançou com um grande panelão fumegante que despejou na banheira.

— Quem é que está pior?

— São elas... — balbuciou o Pedro.

Teresa e Luísa avançaram para a casa de banho, enfiadas, tentando disfarçar. A tia Judite seguiu-as com um ar assombrado.

— Mas o que é que lhes aconteceu?

— Caímos... — gaguejaram as duas, enfiando-se na casa de banho e fechando rapidamente a porta para se esquivarem a mais perguntas, e perdidas de riso.

— Eles agora que inventem uma boa história, se quiserem...

Ouviram a Elisa a ralhar amigavelmente

com os rapazes, distribuindo toalhas para se limparem, enquanto eles espirravam muito e tossiam, para evitarem perguntas embaraçosas.

— Um banho quente! Nunca me apeteceu tanto tomar um banho quente... — disse a Luísa, tirando a roupa encharcada e enfiando-se na banheira.

— Hum... que delícia esta água quentinha!

— Tenhos os músculos todos doridos, ardem-me os arranhões, parece que apanhei uma sova... — comentou a Teresa, que já se tinha também metido no banho.

Luísa ensaboava-se com vigor, fazendo muita espuma nos ombros e no pescoço.

— Passa o champô, preciso de lavar a cabeça.

Teresa despejou uma pasta verde na palma da mão e esfregou o cabelo, fazendo deslizar as mãos à volta da cabeça, transformada numa enorme bola de espuma macia.

— Nunca me tinha apercebido que tomar banho é das coisas melhores do mundo...

— Banho quente, seguido de canja quente... conheces melhor para uma noite de Inverno?

capítulo 16

Uma ideia brilhante

Quando finalmente se encontraram a sós no celeiro, os rapazes rodearam as gémeas, ansiosos.

— Contem lá o que se passou! Estou morto por saber a história toda.

— Apanhei um susto quando não vos encontrei...

— Eu acho que foi o maior susto da minha vida — disse o João.

As gémeas deixaram-se cair exaustas em cima de um monte de roupa. E falando ora uma ora outra, contaram a sua aventura. Os rapazes ouviam tudo, pasmados.

— Nunca pensei que vocês fossem assim corajosas — comentou o Pedro.

— Nem eu — riu a Teresa —, nem eu! Olha, se me tivessem dito que ia passar por uma coisa destas, não acreditava.

— Eu se soubesse o que ia acontecer acho que nem tinha saído de casa — confessou a Luísa. — Mas agora que já acabou, e correu tudo bem, acho fantástico.

— Mostrem cá o resto do mapa, onde é que o guardaram?

— Está aqui, olhem...

O pedaço de papel foi colocado no chão e todos se debruçaram sobre ele, curiosíssimos.

Teresa chamou o *Faial*, desatou-lhe a coleira e soltou o mapa que tinham encontrado no colchão. Colocou os dois lado a lado.

— Não é assim, deixa ver —, e Pedro encaixou as duas metades.

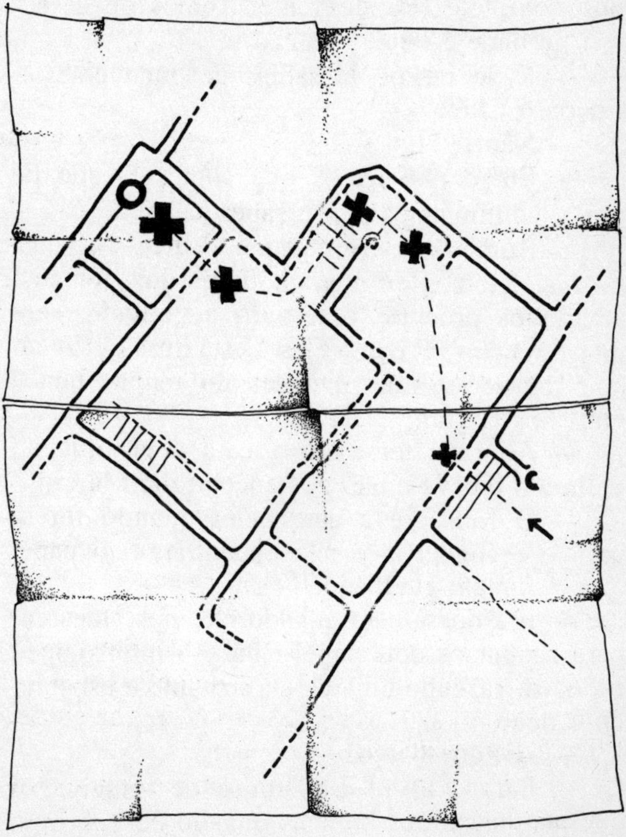

As duas metades do mapa encaixavam perfeitamente

— Nunca me passou pela cabeça que faltasse um bocado...

— Nem a mim!

— Agora temos de começar tudo de novo — suspirou a Teresa.

— Mas tudo o quê? — perguntou o Chico.

— Então, isto assim é outro mapa. O desenho completo fica diferente. Temos de descobrir de onde é este...

— E do outro? Já sabias de onde era? — troçou o Chico.

— Não...

— Então não temos que começar tudo de novo, continuamos é sem saber nada.

— Bom — interrompeu o Pedro —, antes do mais, temos de nos ver livres dos homens. Queremos procurar o tesouro à vontade, sem interferências. E como eles a esta hora já sabem que temos as duas metades do mapa, nunca mais nos largam.

— Adorava ter visto a cara deles quando voltaram à cave e não nos encontraram lá...

— Ó Luísa, e a cara deles quando forem para o esconderijo e não encontraram o papel que lá tinham guardado...

— E a nossa cara quando eles nos atacarem para roubar os dois papéis, hã? — interrompeu o Pedro, fazendo uma careta irritante e espetando o dedo no ar.

— Ai, que parvo!

— Parvo, nada! Deixem-se de imaginar o que aconteceu aos homens quando descobrirem que foram aldrabados e ouçam o meu plano.

E A NOSSA CARA QUANDO ELES NOS ATACAREM PARA ROUBAR OS DOIS PAPÉIS, HÃ?

— Plano? Mas que plano?

— Ora prestem atenção...

— Sim, senhor professor...

— Mau!

— Não se zanguem agora! Explica-te lá, pá! — E o Chico cruzou os braços, fitando o Pedro com atenção.

— É o seguinte: vou copiar o mapa deles para outro papel...

— Para quê? Precisamos de dois?

— Calma! Não é isso. Copio o mapa deles para outro papel e guardo-o junto com o nosso na coleira do cão. Depois devolvo aos homens o papel que vocês trouxeram.

— Para quê? Estás doido?

— Vocês não me deixam acabar... Não estou nada doido. Vamos fazer uma grande fita e desta vez são eles que vão cair que nem uns patinhos.

— Então conta, conta...

— Bom, amanhã um de nós vai passear por aí sozinho. Leva no bolso o mapa dos homens e outra metade que eu vou inventar e desenhar da minha cabeça, um desenho completamente diferente. Eles de certeza estão por aí a espiar-nos. Quando virem aparecer alguém, atacam. Levam os dois papéis, deixam-nos descansados e vão procurar o tesouro para outro sítio qualquer.

Pedro encarou os amigos, satisfeito. Via-se que estava contente com a ideia.

— Tu és uma máquina, tens sempre ideias mirabolantes — comentou o Chico, com admiração.

— E tu, Chico, para realizarmos isto és fundamental. Sem ti nada feito.

— Eu? Porquê?

— Olha, eles já tiveram as gémeas prisioneiras, revistaram-nas e sabem que não têm os mapas. O João é muito pequeno, nunca acreditariam que era ele o encarregado de guardar uma coisa tão importante...

— Então quer dizer que eu... — começou o Chico.

— Isso mesmo — interrompeu o Pedro —, tu eras a pessoa indicada para teres os mapas guardados. És o mais forte. Se fosses atacado, defendias-te bem, a ti e aos mapas. Por isso, se quiseres...

— Quero! Claro que quero... — respondeu prontamente o Chico, esfregando as mãos de contente.

— E como é que ele vai fazer? — perguntou a Luísa, radiante por ir pregar uma partida àqueles brutamontes.

— Bem, ele tem que ser natural, se não desconfiam. Tem de se afastar de casa sozinho por um motivo qualquer...

— Se ele fingisse que ia tomar um banho no ribeiro?

Respondeu-lhe uma gargalhada geral.

— Claro, em pleno Inverno e com o frio que faz, o mais natural era ele ir tomar banho no ribeiro...

Luísa encolheu os ombros.

— Claro, não me lembrei.

— E se eu fingisse que ia levar um recado a alguém?

— Isso era boa ideia, mas a quem?

— Não sei.

— Olhem — lembrou o João —, ele podia começar a jogar à bola ali em frente, à porta, fazia de maneira que a bola rebolasse para longe e ia a correr atrás dela.

— É isso mesmo. Descobriste a solução. Acho óptimo.

João corou, satisfeito.

— E nós? Que fazemos?

— Nós? Ficamos escondidos a ver... e vai ser um pagode.

— Ai vai, vai — afirmou o Chico, acenando com a cabeça. — Aqueles animais que bateram e prenderam as minhas amigas vão ver como é, porque isto é mesmo assim, eles vão-me atacar e eu vou-me defender. Antes de levarem os papéis ainda levam umas boas bordoadas.

Riram todos com a ideia do Chico, que se levantara e ensaiava no ar movimentos de boxe, aos pulinhos, esmurrando um inimigo imaginário.

— Agora toca a dormir... Amanhã é um grande dia!

Apesar de muito cansados, desta vez custou-lhes a adormecer. Não podiam esperar pelo dia seguinte para porem o plano de ataque em acção. Mas o sono acabou por vencer.

capítulo 17

O Chico dá espectáculo

O Pedro estava a trabalhar há muito. Tinha-se levantado cedíssimo e foi logo direito à gaveta da cómoda, procurou no meio da tralha um papel antigo, que se ajustasse bem ao outro. Depois estudou o desenho e imaginou um prolongamento diferente. Mas teve uma ideia ainda melhor. Resolveu acrescentar com letra desenhada à moda antiga, o nome de uma povoação distante. Assim os homens desapareciam e deixavam-nos em paz. Mentalmente recordou o mapa de Portugal e lembrou-se que ali naquela zona, do outro lado do vale, havia uma povoação chamada Vila Flor.

«Nem mais», pensou, «escrevo Vila Flor e eles que vão para lá escavar se quiserem.»

Fez os desenhos e letras com todo o cuidado, depois esfregou levemente o papel no chão para lhe dar um ar mais velho ainda.

Foi nesse momento que os outros acordaram.

— O que é que estás aí a fazer? — perguntou o Chico, estranhando ver o amigo de cócoras a arrastar qualquer coisa pelo soalho.

— Isto, ora venham ver...

Levantaram-se ainda ensonados.

— Mostra — pediu a Teresa, bocejando.

Pedro, com um gesto preciso, ajustou os dois papéis no meio do chão.

— Olhem para isto!

Ali estava um mapa completamente diferente!

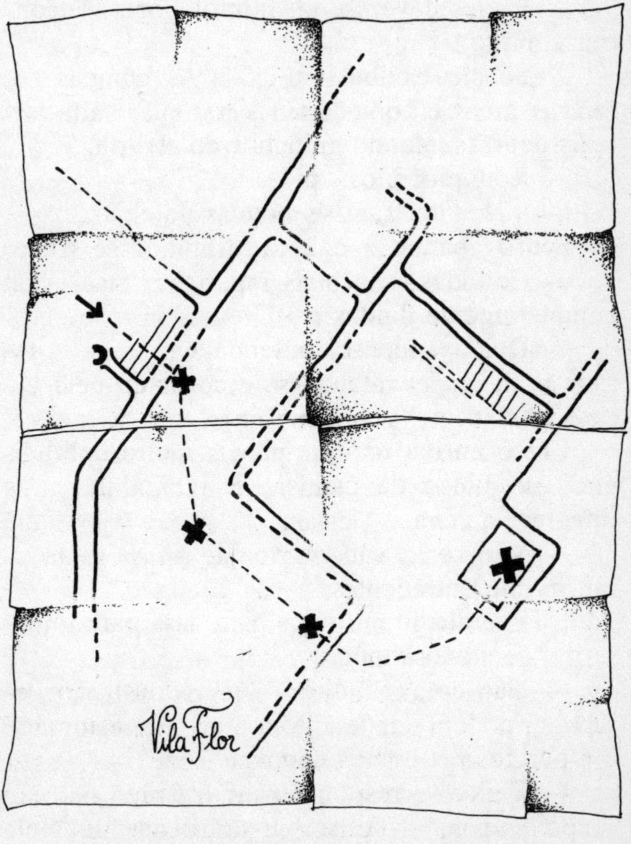

Ali estava um mapa completamente diferente

— O que é que escreveste aí?

— Vila Flor, o nome de uma terra que fica a uns vinte quilómetros. Vão para lá procurar o tesouro e deixam-nos fazer as nossas pesquisas.

— Tu realmente...

— Vamos, que estou morto por me encontrar com os homens.

— E eles devem estar mortos por se encontrar contigo...

— Se eles soubessem... — As gémeas deram as mãos e começaram a rodopiar cada vez mais depressa dando guinchos de alegria.

— Rodopio, pio... pio...

Pum! Estatelaram-se as duas no chão.

Pedro abanou a cabeça, fingindo-se triste.

— Coitadas, são boas raparigas, mas estão completamente doidas.

— Doidas, alegres e saudáveis... — gritaram as duas, levantando-se e correndo pela escada abaixo. — Venham comer!

Chico enfiou os dois papéis muito dobradinhos no bolso da camisa. Ria baixinho já a imaginar a cena.

— Vão ver... vão ver do que a casa gasta — murmurou entredentes.

E lá se dirigiram todos para casa para tomarem o pequeno-almoço.

— Não comas muito — segredou-lhe o Pedro —, podem dar-te algum murro no estômago e é perigoso... comes depois.

— Deixa — respondeu-lhe o Chico —, não te preocupes. — E serviu-se apenas de meia chávena de café com leite.

Quando saíram para o jardim, a tia Judite ficou à porta a vê-los afastar-se em grupo, muito juntos, cochichando. E, virando-se para dentro, comentou:

— São tão simpáticos estes miúdos, ó Elisa!

— Lá vão eles a combinar algum passeio... que ricas idades.

Se elas soubessem o que eles iam a combinar...

— Bom — explicava o Chico —, procurem um bom posto de observação se querem assistir a tudo. Eu vou fazer rebolar a bola ali para baixo. Se eles aparecerem, corro um bocado para me afastar ainda mais...

— Para quê?

— Quero fazer um grande chinfrim, mas sem ninguém notar, se não ainda aparece alguém para me acudir e temos o caldo entornado.

— Está bem, então vamos aqui para cima que é o melhor.

— O melhor... é subirmos a uma árvore — atalhou o João.

— Isso, tens razão, por ali há umas oliveiras que são um bom esconderijo.

— E aproveitamos para ir comendo azeitonas enquanto assistimos ao espectáculo.

— Então até já... Prometo fazer uma cena que vocês nunca mais vão esquecer. Estou com vontade de lhes esmurrar aquelas caras...

— Boa sorte, Chico!

— Força!

As gémeas, o Pedro e o João escaparam-se

sorrateiros por trás do celeiro. Tinham fechado os cães para eles não irem em socorro do Chico quando começasse a cena.

Chico encheu o peito de ar, com os olhos a luzir de alegria deu um valente pontapé na bola, atirando-se depois atrás dela com passos rápidos, a assobiar. Parecia um rapazinho a brincar despreocupadamente, aproveitando o seu dia de férias.

Àquela hora não se via ninguém por ali. O Chico continuou a jogar, dando pontapés e cabeçadas na bola, que o levava cada vez para mais longe.

As gémeas já estavam empoleiradas numa oliveira, ocultas pela folhagem. Pedro e João, escarranchados no tronco de uma árvore vizinha, faziam-lhes sinalefas divertidos.

— Se ele se afasta muito não assistimos a nada — murmurou a Luísa.

— Schiu! — Pedro pôs um dedo em frente da boca, fazendo-lhe sinal para que se calasse.

— Olha, olha... — murmurou ainda a Luísa, esticando-se toda e agarrando-se com força a um ramo.

Os dois homens estavam ocultos atrás de uma moita. Seguiam o Chico com o olhar, preparando-se para lhe saltarem em cima.

— Será que o Chico já os viu? — perguntou a Luísa ao ouvido da irmã.

Chico, se os tinha visto, não dava a entender. Continuava aos pontapés à bola, cantarolando baixo. Aproximava-se perigosamente do local.

APANHEM-ME...
APANHEM-ME, SE FOREM CAPAZES...
AIO DE
APAZ!
HUGH!

De repente, a moita agitou-se e os dois homens deram um salto estendendo os braços em direcção ao Chico. Mas este já lá ia, rápido como uma seta.

— Bravo, Chico! Bravo! — Teresa agitava-se e batia palmas sem ruído em cima da oliveira.

O Chico dava voltas e reviravoltas de um lado para o outro, saltando por baixo e por cima de uma cerca. Quando os homens julgavam que o iam apanhar... zás, já ali não estava e empoleirava-se no muro.

— Apanhem-me... apanhem-me, se forem capazes...

Os homens corriam e vociferavam:

— Raio de rapaz!

— Deixa estar que eu já te apanho...

E ele às voltas, aos pulos, ora avançando ora recuando... subitamente parou. Os homens avançaram cada um de seu lado, já de braços estendidos e cantando vitória, quando no último momento ele se desviou e os homens chocaram um de encontro ao outro e caíram no chão.

Pedro sufocou um grito de alegria e esticou-se ainda mais, amarinhando pelos ramos acima.

— Ah! Grande Chico!

O homem mais alto berrava com o outro:

— Ó sua besta, então em vez de apanhares o rapaz cais em cima de mim...

— E tu? Apanha-o tu, se conseguires!

— Não me digas que eles desistem... — disse o João, receoso.

Mas não. O Chico voltava a aparecer detrás do muro e pôs-se a fazer-lhes fosquinhas.

O mais alto arqueou o corpo, deu um salto e agarrou-o por um braço.

— Ah! Ah! Malandro, apanhei-te!

— Aquelas bestas nem percebem que ele se deixou apanhar porque quis — disse o Pedro elevando a voz, esquecendo-se que devia passar despercebido.

— Schiu — fez-lhe, por sua vez, a Luísa que, muito encarnada de excitação, seguia a cena com as mãos crispadas na árvore.

O Chico estava muito quieto. Os homens abanavam-no com força.

— Onde estão os mapas? Os mapas do tesouro?

Um deles tentou enfiar-lhe a mão no bolso mas o Chico virou-se a ele ao murro e ao pontapé. Acertou em cheio na cara do mais baixo, que deu um uivo de dor, e pregou uma canelada no outro, pensando com fúria: «Esta é por terem prendido as gémeas, e cá vai mais uma por lhes terem batido, ora toma! toma!»

Mas os homens acabaram por o imobilizar.

— Onde estão os mapas?

— Dizes ou não dizes?

Sem nada responder, Chico aproveitou a posição em que se encontrava e ferrou uma dentada na mão que lhe segurava o braço.

— Irra, que este tipo é selvagem! É pior que uma fera!

Com um esticão, o mais alto rasgou-lhe a camisa e os mapas caíram.

— Olha, estão aqui — disse o outro, apanhando os papéis do chão e soltando o Chico.

— Vamos, já temos o que queremos.

Chico deixou-se estar muito quietinho e quando eles já iam a fugir pregou-lhes uma rasteira fazendo-os estender ao comprido.

— Este miúdo é um diabo! — berraram ambos, enquanto se levantavam e fugiam com os mapas falsificados.

Chico deixou-se estar caído de bruços na terra, o corpo agitado por um riso nervoso. Os outros davam verdadeiros pulos de macaco, pendurados nas árvores. Quando os homens desapareceram, escorregaram pelo tronco e reuniram-se apressadamente ao amigo.

— Chico, estás magoado?

— Chico, pá!

Este voltou-se de barriga para o ar, abrindo os braços, e largou à gargalhada:

— Ah! Ah! Ah!

— Ah! Ah! Ah! — as gémeas abraçaram-se aos pulos, fazendo coro com ele.

— Ah! Ah! Ah!

— Oh! Oh! Oh!

Pedro e João tinham-se deixado cair e riam também como uns perdidos.

— Aqueles idiotas! Ah! Ah!Ah!

— Caíram como uns patos! Oh! Oh! Oh!

— Vão procurar o tesouro em Vila Flor!

Rebolavam-se todos na terra, apertando o estômago, que já lhes doía de tanto rir.

— Ah! Ah! Ah! Já me dói a cara!

— Oh! Oh! Oh! Nunca me ri tanto!

capítulo 18

O último dia de férias

— As férias acabaram, que pena! O Sr. Joaquim já nos vem buscar hoje!

— Ó Luísa, e pensar que não queríamos vir!

— Foram as melhores férias que tive na vida — afirmou o Chico.

— Que pena não termos encontrado o tesouro — lamentou-se o João.

As gémeas, João e Chico conversavam no celeiro, sentados no chão rodeados pela bagagem pronta a seguir. Pedro mantinha-se à parte. Tinha improvisado uma mesa de trabalho debaixo da janela e estava ali há imenso tempo, com os mapas na frente, concentrado a observar os desenhos, nem ouvia a conversa dos outros. Parecia ter-se esquecido da sua presença.

Teresa e Luísa ainda tentaram fazê-lo voltar a cabeça dizendo piadas, mas em vão.

Ele de facto não os ouvia.

— Deixa, não incomodem o sábio...

— Vocês já pensaram que ninguém vai acreditar nas nossas histórias?

— O melhor é não contar nada, que ainda podemos ter alguma chatice...

— Nada, não. Há coisas que podemos contar!

João, estendido como de costume com a cabeça apoiada no *Faial*, ouvia o que os amigos diziam mas não participava da conversa. Limitava-se a suspirar de vez em quando.

— Que pena não termos encontrado o tesouro!

— Deixa lá isso, pá! — E Chico deu-lhe uma pancada amigável nas pernas. — Estas férias já foram um rico tesouro. Passámos aqui dias formidáveis que nunca mais vamos esquecer!

— É... se a tia Judite nos quiser cá outra vez, temos de voltar!

— E quem sabe se dessa vez encontramos o tesouro? — repetiu o João.

Os outros riram-se.

— Vais ver que elas nos querem cá outra vez, gostaram muito de nós!

— Coitadas, vivem aqui muito sozinhas. Foi uma alegria terem tanta gente para lhes fazer companhia.

— Verdade se diga que não fizemos lá muita companhia — comentou o Chico.

— Ora, não foi bem assim. Os velhos contentam-se com pouco. Uma graça, dois dedos de conversa e ficam todos satisfeitos.

— Como é que sabes?

— Não é preciso ser muito inteligente — continuou a Luísa. — Se estivéssemos sempre lá em casa, de roda delas, era uma chatice para nós e para elas. O barulho fazia-lhes confusão à cabeça, ficavam cansadíssimas!

— Sabes lá!

— Sei pois, tenho a certeza. Assim, foi ideal. Aparecíamos um bocadinho, fomos simpáticos, apreciámos os petiscos...

— E que petiscos!

— A propósito, passa aí umas bolachinhas.

— Já não há, comi-as todas.

— Bruta!

— A única coisa que tive pena foi não encontrarmos o tesouro!

— Parece que não sabes dizer outra coisa, ó João! — brincou o Chico.

— Achei! — Pedro voltou-se para os amigos esfregando os olhos por trás dos óculos. Tinha a vista cansada de estar a fixar os mesmos papéis há tanto tempo.

— Achaste? O quê?

— Já sei onde está o tesouro — disse ele como se falasse na coisa mais natural do mundo e juntando-se aos outros com os papéis na mão.

As gémeas olharam-no, embasbacadas. Chico e João sorriam desconfiados. Pedro com certeza estava a brincar.

— Fomos uns parvos, sempre a pensar que os desenhos representavam os caminhos das ruínas. Isto só pode ser a planta de uma casa. E quanto ao código escrito na pedra da cobra não tem nada a ver com isto. Se é um segredo, vai continuar segredo. Agora aqui temos um mapa de tesouro, que é a planta de uma casa.

— Mas que casa? Não temos tempo para ir agora à procura...

— O Sr. Joaquim deve estar a chegar...

— Eu já sei qual é a casa, só pode ser uma.

— Qual? — perguntaram quatro vozes em coro.

— A velha casa paroquial, que foi uma casa senhorial.

— Achas? — insistiram os outros, com os olhos fixos nos mapas à procura da solução que o Pedro dizia ter encontrado.

— Não acho, tenho a certeza. Casa senhorial é casa de senhores da nobreza, ricos, importantes, gente com tesouros para esconder dos franceses, como disse o padre Delfim. A casa mais tarde foi utilizada pelos padres e foi de lá que vieram os colchões. É como somar 2 + 2...

— E a casa agora está abandonada...

— Pois, e isto é uma planta simples, seguindo as cruzes não há nada que enganar.

— Já não temos tempo — suspirou a Luísa.

— Ai temos, temos! Vamos já lá direitos!

João saltou pela escada abaixo com o *Faial* a correr atrás.

Os outros hesitaram mas resolveram segui-lo.

Passaram numa correria em frente à porta da cozinha.

— Ó meninos! Onde é que vão?

Ninguém ouviu sequer os gritos da Elisa e da tia Judite, e tomaram apressadamente um atalho da serra.

— Ó meninos, onde vão?

— A casa do padre Delfim — berrou a Luísa sem se voltar e continuando a correr.

— Ai, valha-me Nossa Senhora, que o Sr. Joaquim está a chegar e perdem o transporte!

— Ó Luisinha! Filhos!

— Mas o que é que lhes teria dado? Tão sossegados, tão educados e agora desaparecem para casa do padre!

«Ni-nom! Ni-nom!»... O Sr. Joaquim buzinava na estrada, prevenindo que tinha chegado.

— Ó Elisa... e agora? Ai que desgraça a nossa!

— Deixe que eu vou lá! — E a velha Elisa acorreu, limpando as mãos ao avental de quadrados azuis, atrapalhadíssima.

— Então a rapaziada? Está tudo pronto?

— Ai Sr. Joaquim, isto há cada uma...

— Mas o que foi? Aconteceu alguma coisa?

— Não queira saber!

— O que foi, mulher, desembuxe!

— Ainda agora aqui estavam tão bem e não é que largaram a correr para casa do padre?

— Para casa do padre? Homessa! Mas o que é que foram lá fazer?

— Sei cá, Sr. Joaquim, não se vá embora, por tudo lhe peço!

— Ei! Calma! Eu vou atrás deles na carrinha e apanho-os aí acima.

O Sr. Joaquim, sem esperar mais, pôs o carro em movimento e acelerou pela estrada acima. A velha Elisa ficou a vê-lo com as mãos nas algibeiras sem saber o que fazer.

— Lá vão eles, aqueles malandrecos ainda me atrasam a viagem! — E o Sr. Joaquim car-

O TESOURO!
O TESOURO!
OH!
?
!?

regou no acelerador com esperança de os apanhar antes de chegarem à Cardenha.

Numa curva da serra viu-os já próximo da entrada da aldeia correndo desvairados em direcção à igreja.

— Não há dúvida que vão com pressa! O que é que lhes terá dado? — E acelerou ainda mais fazendo guinchar o motor.

As pessoas da aldeia paravam no caminho surpreendidas com aquele alarido. Primeiro um grupo de miúdos e cães atravessavam as ruas a correr como se fossem a fugir do diabo, depois vinha a camioneta destravada. Até o padre veio à porta, pasmado.

O Sr. Joaquim travou a fundo e parou em frente ao portão do jardim.

— Os miúdos? Os miúdos?

— Bons dias, Sr. Joaquim! Que é que você tem, homem? Que velocidade vem a ser esta na nossa aldeia? Ainda mata alguém!

Ia-se juntando gente à volta.

— Que é que aconteceu?

— Os miúdos fizeram alguma...

— Parece que...

— Vão a fugir de um castigo!

— O Sr. Joaquim queria-lhes bater!

— Ó homem, então você vem a correr para malhar na canalha?

— Eu? — O senhor Joaquim virava-se para todos os lados sem saber o que dizer.

— Eu cá acho mal que se bata assim nas crianças — berrava uma mulher gesticulando muito.

— Coitadinhos...

— Se fizeram alguma, só se perdem as que caem no chão — dizia um homem.

— Quem dá o pão, também dá a educação!

O Sr. Joaquim não conseguia fazer-se ouvir no meio daquela confusão e pôs-se aos gritos:

— Quem é que viu os miúdos? Quem é que viu os miúdos?

Uma vozinha infantil chamou-lhe a atenção, puxando-lhe pela manga do casaco.

— Foram por ali... para a casa velha!

— Eu quero cá saber da velha! Quero é saber dos miúdos, tenho de os levar de volta para casa.

— Ó homem, porque é que não disse há mais tempo ao que vinha! — exclamou o padre, —, se não quer bater nas crianças e só quer levá-las para casa, venha daí comigo. Estão na velha casa paroquial.

O Sr. Joaquim avançou gesticulando, com o povo todo atrás e entrou de roldão, dando um pontapé na porta desconjuntada.

As pessoas da aldeia estacaram pasmadas e fez-se um silêncio de assombro:

— O tesouro! O tesouro! — João gritava como um louco.

Naquele momento, de um buraco da parede, Pedro acabava de puxar uma panela de ferro cheia de moedas de ouro e prata, que, com um movimento brusco, se espalharam rolando pelo chão.

LITERATURA

INFANTIL JUVENIL

DAS AUTORAS
Ana Maria Magalhães
Isabel Alçada

ILUSTRAÇÕES DE

Arlindo Fagundes

Colecção

uma aventura

Colecção

VIAGENS NO TEMPO

Colecção

A·S·A·D·E·L·T·A

CAMINHO